Muriel Spark

Das einzige Problem

Roman

Aus dem Englischen
von Otto Bayer

Diogenes

Titel der Originalausgabe:
›The Only Problem‹

Umschlagillustration:
›Job visité par la femme‹
(Ausschnitt)

Deutsche Erstausgabe

6/85/10/1
ISBN 3 257 01699 9

Doch ich wollte gern
zu dem Allmächtigen reden
und wollte rechten mit Gott
Hiob, 13,3

ERSTER TEIL

Erstes Kapitel

Er fuhr auf der Straße von Saint-Dié nach Nancy im französischen Departement Meurthe; die Straße war schnurgerade und fast weiß und führte zwischen dichten Nadel- und Birkenwäldern hindurch. Er fand den Graspfad zur Rechten, den er gesucht hatte. Anders als erwartet. Aber es kommt ja immer anders, dachte er. Dabei hätte Edward Jansen jetzt nicht mehr genau sagen können, *was* er erwartet hatte; er versuchte es, aber das Bild, das er sich gemacht hatte, schwand angesichts der Wirklichkeit dahin wie ein Traum beim Aufwachen. Er bog auf den Pfad ein, zweigte nach links ab und hielt an. Jetzt hätte er sich ganz gern erinnert, wie er sich das kleine Haus vorgestellt hatte, bevor er es sah, aber auch davon war nichts mehr da.

Er blieb noch eine Weile im Wagen sitzen und betrachtete den alten grünen Gartenzaun und das geschlossene Törchen zu einem verwilderten kleinen Garten. Kein sichtbarer Pfad führte mehr zu dem steinernen Häuschen, einer Art Pförtnerhaus mit losen Ziegeln auf dem Dach und dunklen, ungepflegten Fenstern. Etwas abgesetzt davon standen zwei Schuppen aus vermoderndem Holz. Auf Edwards Seite führte ein breiterer Weg vermutlich zum Château, für das er sich im Augenblick jedoch nicht interessierte. Es entging ihm aber nicht, daß die Fahrrinnen auf diesem Weg von Gras überwachsen waren, offenbar selten benutzt; und dennoch war das Gras auf diesem Weg grüner als das auf dem Grundstück vor ihm, hinter dem Törchen. Wenn seine Frau bei ihm gewesen wäre, hätte er sie darauf aufmerksam gemacht und es einen Wesenszug Harvey Gothams genannt, des Mannes, den er hier besuchen wollte; nach seiner Theorie – zu wenig fundiert, um sie öffentlich zu vertreten, aber mit Ruth konnte er darüber sprechen – beeinflußten Menschen nämlich die sie umgebende natürliche Vegetation, egal ob sie Hand daran legten oder nicht; er würde sagen, daß manche Menschen ihre Umwelt allein durch psychische Kräfte fruchtbar oder zur Wüste machten. Wenigstens in diesem Fall würde Ruth ihm zustimmen, denn offenbar mochte sie Harvey beim besten Willen nicht leiden. Es war schon so weit gekommen, daß alles, was Harvey tat oder sagte, und wenn es nur ein Gutenachtgruß war, ihn für ihre Begriffe nur noch immer schlechter machte. Gewiß konnte man so oder so gute Nacht sagen, aber Edward fragte sich denn doch, ob in dem, was er und Ruth über Harvey, den sie ja nicht so gut kannte wie er, untereinander sagten und dachten, nicht doch ein gut Teil Dämonologie steckte. Jedenfalls hatten sie sich zu zweit ein Bild von Harvey zusammengefügt, das sie in der Öffentlichkeit nicht vorgeführt hätten. Eben darum hatte Edward es nur fair gefunden, allein hierher zu kommen, obwohl er zuerst erwartet hatte, Ruth würde mitkommen. Sie hatte gemeint, das könne sie sich nicht antun. Vielleicht könnte ich ja auch etwas fairer gegenüber Harvey sein, hatte Edward gedacht.

Und doch saß er nun hier vor Harveys Haus in seinem Wagen und stellte fest, wieviel grüner das Gras überall anders war als in der unmittelbaren Nähe des Cottage. Edward stieg aus und knallte die Autotür zu, um zu sehen, ob sich daraufhin an der dunklen Eingangstür oder wenigstens an einem der Fenster des Hauses etwas tat. Dann ging er zum Törchen. Es wurde von einer rostigen Drahtöse zugehalten, die er aushakte. Er öffnete das knarrende Törchen, ging zur Haustür und klopfte. Es war zehn nach drei, und Harvey erwartete ihn; der Besuch war ja abgemacht. Aber er klopfte, und nichts rührte sich. Auch das war typisch. Er ging um das Haus herum und suchte nach einem Auto oder Motorrad, das Harvey doch wohl besaß. Hinterm Haus fand er einen breiten Pfad, eine Art Zufahrt, die von der Hintertür weg in den Wald führte und von der Straße aus nicht zu sehen gewesen war. Ein Motorrad fand er nicht, dafür einen einigermaßen neuen, hellbraunen kleinen Renault unter einem binsengedeckten Schutzdach. Harvey war demnach wohl zu Hause. Seine Haustür war die Hintertür, also klopfte Edward nun daran. Harvey öffnete sofort und machte wie immer ein Gesicht, als wollte er sagen, er habe damit sein möglichstes getan.

»Du hast dir die Haare nicht schneiden lassen«, sagte er.

Edward hatte die Antwort parat wie ein aufgewärmtes Fertiggericht, so oft schon hatte er Harvey dem Sinne nach immer wieder dasselbe geantwortet: »Es sind meine Haare, nicht deine. Und es ist mein Bart, nicht deiner.« Mit diesen Worten trat Edward ins Haus, und Harvey konnte ihm nur noch den Weg freigeben.

Man wußte bei Harvey immer nur bis zu einem bestimmten Punkt, wie man mit ihm dran war. »Was willst du der Welt mit so einem Poncho in deinem Alter beweisen, Edward?« fragte er. Im Wohnzimmer schob er ein paar Stühle aus dem Weg. »Und mit deinen Haaren bis runter auf den Rücken«, sagte er.

Edward trug das Haar wirklich schulterlang. »Ich lasse es mir für eine Filmrolle wachsen«, sagte er und wünschte sogleich, er hätte gar keine Erklärung abgegeben, denn es waren schließlich seine Haare, nicht Harveys. Rote Haare.

»Hast du eine Rolle?«

»Ja.«

»Was tust du dann hier? Warum bist du nicht bei den Proben?«

»Die Proben fangen erst am Montag an.«

»Wo?«

»Elstree.«

»Elstree.« Harvey sprach das Wort so aus, als hörte noch jemand zu – als wollte er dessen Aufmerksamkeit auf eben dieses Wort lenken: Elstree, und was man sich dabei auch immer denken mochte.

Edward wünschte sich zwanzig Minuten in der Zeit zurück, als er die Straße von Saint-Dié nach Nancy entlangfuhr und das Frühlingswetter fühlte. Frühlingswetter, blühende Kirschbäume und all das knospende Grün an der Straße von Saint-Dié hatten ihn aufgerichtet, während es hier in Harveys Zimmer nichts gab, an dem er sich hätte aufrichten können. Beinahe hätte er gefragt: »Was mache ich hier?« Doch er ließ es sein, denn die Frage wäre ja rein rhetorisch gewesen. Er war wegen Effie gekommen, seiner Schwägerin und Harveys Frau.

»Dein Telegramm war zu lang«, sagte Harvey. »Fünf Wörter hättest du dir sparen können.«

»Wie ich sehe, bist du beschäftigt«, sagte Edward.

Effie war nicht gerade Edwards Herzblatt, aber Ruth sorgte sich um sie. Vor langer Zeit hatte er mit der schönen Effie einmal eine Affäre gehabt, aber die gehörte der Vergangenheit an. Er war Ruth zuliebe gekommen. Von neuem mußte er sich sagen, daß er für Ruth fast alles tun würde.

»Was ist das für eine Nummer?« fragte Harvey. »Du bist mir irgendwie nicht du selbst, Edward.«

Edward hatte das Gefühl, daß Harvey ihn immer verdächtigte, Theater zu spielen.

»Ich weiß nicht, ob ich für Schauspieler im allgemeinen sprechen kann, wirklich nicht«, sagte Edward. »Ich denke, daß meine eigene Erfahrung die Natur meines Berufs widerspiegelt. Für mich selbst kann ich jedenfalls sprechen. O ja, das kann ich. Ich weiß nämlich, wann ich auf der Bühne stehe und wann nicht. Den Unterschied kennen nicht alle Schauspieler. Die meisten spielen im Leben besser als auf der Bühne.«

Edward ging in das kleine Wohnzimmer, das Harvey mit den allernotwendigsten Dingen zum Leben eingerichtet hatte, um sich hier seiner selbstgestellten Aufgabe zu widmen. Dabei standen die abgewetzten grünen Sessel, aus deren

Polstern die Füllung quoll, und der sehr kleine Arbeitstisch mit den darauf gestapelten Papieren und Schreibutensilien (er schrieb mit der Hand) in keinem Verhältnis zu dem Projekt. Harvey wollte doch nur ein Thema studieren und eine Abhandlung darüber schreiben, einen Essay. Wozu dieser spektakuläre Verzicht auf materielle Dinge? Weiß der Himmel, wo er sich sein Mobiliar überall hergeholt hat, dachte Edward. Vom Wohnzimmer sah man weiter in eine Küche mit einem Tisch und einem Laib Brot und einer Kaffeetasse darauf. Wie erzählerische Malerei aus dem neunzehnten Jahrhundert. Wahrscheinlich gab es oben noch weitere bewohnbare Zimmer. Edward setzte sich auf Harveys Geheiß. Von seinem Platz aus sah er durchs Fenster auf eine Leine, an der Babywäsche hing. Von einem Baby war aber im Haus nichts zu sehen, woraus Edward schloß, daß die Wäsche nichts mit Harvey zu tun hatte; wahrscheinlich gehörte sie seiner Aufwartefrau, die ihre Kindersachen zum Waschen mitbrachte.

Harvey sagte: »Ich bin sehr beschäftigt.«

»Ich bin wegen Effie gekommen«, sagte Edward.

Harvey ließ sich mit der Antwort viel Zeit. Das macht er immer, dachte Edward, wenn er wichtig tun will.

»Ach so, Effie«, sagte Harvey endlich und wirkte mit einemmal erleichtert; dann lächelte er sogar, als wollte er sagen, er habe schon gefürchtet, mit einem wirklich wichtigen Problem konfrontiert zu werden.

Harvey hatte Effie seinerzeit auf einer italienischen *autostrada* sitzenlassen, etwa vor einem Jahr, als sie – Ruth, Edward, Effie, Harvey und Nathan, einer von Ruths Studenten – auf dem Weg von Bologna nach Florenz waren. Sie hatten zum Tanken angehalten; Effie und Ruth gingen auf die Toilette und kamen zu dem noch immer in der Schlange stehenden Auto zurück. Es war spätnachmittags an einem kühlen, ziemlich wolkigen Apriltag, keinem dieser heißen italienischen Tage, an denen man das Gefühl hat, bei jedem Halt etwas trinken oder ein Eis essen zu müssen. Es war reine Verzehrlust, die Harvey – oder vielleicht war es Nathan – fragen ließ, ob sie sich etwas vom Büffet holen sollten; dieses gehörte zu einer großen Kette und hielt in seinen riesigen Schaufensterauslagen Strohkörbe und Töpfereien aus Hongkong und phantasievoll geformte Flaschen mit italienischen Likören feil. Es hieß: »Was sollen wir uns holen gehen?« – »Ein Sandwich, einen Kaffee?« – »Nein, ich mag diese ekligen Sandwichs nicht mehr.« Effie ging mal sehen, was es zu kaufen gab, und kam mit Schokolade zurück. »O ja, darauf habe ich gerade Lust.« – Sie hatte zwei große Tafeln mitgebracht. Der Tank war inzwischen gefüllt. Edward bezahlte das Benzin. Effie nahm neben ihm auf dem Beifahrersitz Platz. Sie waren alle wieder im Wagen, und Edward fuhr los. Effie begann die Schokolade aufzuteilen und herumzureichen. Nathan, Ruth und Harvey, die hinten saßen, nahmen alle ein Stück. Auch Edward nahm ein Stück, und Effie steckte sich selbst eins in den Mund.

Dann drehte sie sich mit dem Mund voll Schokolade um und sagte zu Harvey auf dem Rücksitz: »Gut, nicht? Ich hab sie gestohlen. Magst du noch ein Stück?«

»*Was* hast du?« fragte Harvey. Ruth äußerte sich ähnlich, und Edward sagte, das glaube er nicht.

»Warum sollen wir nicht zugreifen?« meinte Effie. »Diese Multis und Monopolunternehmen bereichern sich an uns, während zwei Drittel der Welt Hunger leiden.«

Sie riß die zweite Tafel auf, stopfte sich zornig noch einen Riegel in den Mund und ereiferte sich, mit vollen Backen die gestohlene Schokolade kauend, weiter über die hungernden zwei Drittel der Welt.

»Mit Stehlen machst du es für sie und für uns alle nur noch schlimmer«, sagte Edward.

»Stimmt«, sagte Ruth, »das macht es wirklich für alle nur schlimmer. Außerdem ist es unehrenhaft.«

»Das weiß ich nicht«, meinte Nathan.

Aber Harvey wollte gar nichts weiter hören. »Fahr mal rechts ran«, sagte er. Sie fuhren mit hundert Stundenkilometern, aber er hatte die Hand an der Klinke der hinteren Tür, und das auf der gefährlichen Straßenseite. Edward fuhr rechts ran. Er wußte jetzt nicht mehr, wie sie es Harvey damals ausgeredet hatten, gleich auf der *autostrada* auszusteigen; er saß jedenfalls schweigend auf dem Rücksitz, während Effie weiter Schokolade aß und derweil über das kapitalistische System herzog. Von den andern wollte niemand mehr von der Schokolade haben. Kurz vor der nächsten Ausfahrt sagte dann Harvey: »Fahr da raus, ich muß mal.« Er ging zur Toilette, und sie warteten auf ihn. Währenddessen hatte Edward die ganze Zeit den Verdacht, daß er nicht wiederkommen würde, und als eine Minute um die andere verging, stieg er aus, um nachzusehen. Er sah Harvey gerade noch auf den Beifahrersitz eines Lastwagens steigen, und fort war er.

Unterwegs verloren sie den Lastwagen irgendwo bei Florenz aus den Augen. Für Effie war durch Harveys Verschwinden der Urlaub verdorben. In ihrer Wut schimpfte sie so lange über ihn, bis Ruth mit der stets aufreizenden Frage konterte: »Wenn er so schlecht ist, warum ärgert es dich dann so, daß er weg ist?« Die andern waren noch einen Tag oder zwei verstimmt und betreten, aber dann fanden sie sich ab. Schließlich waren sie auf Urlaub. Edward lehnte es zwei Wochen lang ab, über das Thema auch nur zu reden; sie fuhren die toskanische Küste entlang und machten da und dort Station. Es hätte eine wunderschöne Reise sein können, wenn nur Effie nicht so wütend und traurig gewesen wäre.

Bis zu dem Tag, an dem Edward ihretwegen zu ihm nach Frankreich fuhr, hatte sie nichts mehr von Harvey zu sehen bekommen. Kinder hatten sie nicht, und er war einfach aus ihrem Leben verschwunden und hatte sie mit allen seinen Sachen und der Stromrechnung und den tausend Alltagsdingen eines Ehelebens sitzenlassen. Alles wegen eines Riegels Schokolade. Und doch wieder nicht.

Ruth und Edward waren sich einig, daß etliches zu dieser Trennung von Harvey und Effie zusammengekommen sein mußte.

Edward beneidete Harvey zutiefst, ohne genau zu wissen, worum. Oder er befaßte sich nur lieber nicht allzu eingehend mit der Möglichkeit, daß auch er ganz gern so einfach auf und davon gegangen wäre, wenn Ruth nicht Ruth und sie beide nicht immer so schön einer Meinung gewesen wären. Wenn Harvey von seiner Ehe sprach, hatte man immer das Gefühl, er dächte an etwas ganz anderes, und er sprach auch nur davon, wenn jemand anders davon anfing. Und dann war es immer so, als ob dieser andere da etwas angesprochen hätte, was für sein Leben völlig ohne Belang war, so daß er immer zuerst ein erstauntes Gesicht machte, dann die Stirn runzelte, sich mit Macht zu konzentrieren schien und schließlich das scheinbar abwegige Thema ungeduldig fallenließ. »Schien« und »scheinbar« – aber man kann ja nur nach dem äußeren Schein gehen, dachte Edward. Woher sollte er denn wissen, daß Harvey nicht nur schauspielerte, wie er es seinerseits Edward so oft unterstellte? In gewisser Weise schauspielern wir doch alle.

Harvey wurde jetzt geselliger, nachdem er das Thema Effie irgendwie vom Tisch gebracht hatte. Er mußte gewußt haben, daß Edward irgendwann auf Effie zu sprechen kommen würde, ja daß er sogar nur deswegen gekommen war. Oder vielleicht nicht *nur*. Er und Edward waren alte Freunde. Harvey schenkte ihm einen Drink ein, und Edward versuchte fürs erste nicht mehr auf Effie zu sprechen zu kommen.

»Erzähl mir von dem neuen Film«, sagte Harvey. »Wie heißt er? Was für eine Rolle spielst du darin?«

»Er heißt *Die Haßliebe*. Das ist aber nur der Arbeitstitel. Ich glaube kaum, daß er sich als Film unter diesem Titel verkaufen läßt. Aber er basiert auf einem Roman, der *Die Haßliebe* heißt. Und davon handelt der Film eben auch. Es geht um ein Ehepaar und einen andern Mann, einen Bruder, zwischen den beiden. Ich spiele den andern, also den Bruder.« (Hörte Harvey überhaupt zu? Er hatte sich umgedreht und blickte in das andere Zimmer hinüber.)

»Wenn ich etwas nicht ausstehen kann, dann Haßliebe«, sagte Harvey, indem er sich endlich wieder zu Edward umwandte. »Das Element ›Liebe‹ darin verdient einfach nicht diesen Namen. Letzten Endes schrumpft doch alles zu reinem, simplem Haß zusammen. Liebe schließt unter anderm den Wunsch nach Wohlergehen und geistiger Freiheit dessen ein, der geliebt wird. Liebe hat etwas Objektives. Haßliebe ist zwanghaft, besitzergreifend. Sie kann böse ausgehen.«

»Na schön«, meinte Edward, »aber Haßliebe ist ein häufig vorkommendes menschliches Problem. Ein sehr wichtiges Problem, das kannst du nicht leugnen.«

»Sie ist nur Teil des größeren Problems«, sagte Harvey nach einer Weile. Edward wußte schon, worauf Harvey hinauswollte, und war's zufrieden, nun, da er hier mit seinem alten Freund bei einem Gläschen zusammensaß. Es war das Problem des Leidens, wie es in der Bibel im Buch Hiob behandelt wurde. Es war das, weswegen Harvey in erster Linie hierher aufs französische Land gekommen war, um dieses Thema fern von seinem Familienunternehmen und seinen Freunden zu studieren.

Harvey war ein reicher Mann. Er war Mitte Dreißig und arbeitete an einer Monographie über das Buch Hiob und das darin behandelte Problem. Denn er konnte sich nicht damit abfinden, daß ein gütiger Schöpfer, der sein wunderbar köstliches Licht über die Erde goß und mächtig an allen Enden war, die unsäglichen Leiden in dieser Welt nachsehen konnte; daß Gott alles Leiden zuließ und darum in logischer Konsequenz seiner Allmacht dessen eigentlicher Urheber war; dies mit der Existenz Gottes in Einklang zu bringen, vermochte er nicht, wenn davon auszugehen war, daß Gott gut sei.

»Es ist überhaupt das einzige Problem«, hatte Harvey immer gesagt. Nun glaubte Harvey aber an Gott, und das eben war es, was ihn quälte. »Es ist überhaupt das einzige Problem, über das sich zu diskutieren lohnt.«

Ein knappes Jahr nach Harveys Verschwinden hatte Effie ihn in Saint-Dié aufgespürt. Sie war nicht selbst zu ihm gekommen, hatte ihm aber mehrmals über seinen Anwalt geschrieben und gefragt, was denn nun los sei. Sie erklärte ihm auch, wie sie an seine Adresse gekommen sei; ehe sie den Brief zur Post brachte, las sie ihn Edward vor, und er fand, sie hätte diesen Teil besser weglassen sollen, denn sie war ganz einfach daran gekommen, wenn auch durch eine Hinterlist, der Harvey gewiß nicht viel Charme abgewinnen würde; außerdem kompromittierte sie, indem sie den Trick preisgab, eine harmlose, wenngleich dumme Person, und diese Tatsache würde Harvey kaum entgehen. Wo es um Effie ging, war sein Moralempfinden immer besonders wach.

»Erzähl ihm lieber nicht, wie du an seine Adresse gekommen bist, Effie«, sagte Edward. »Er wird dich skrupellos finden.«

»Das tut er auch so schon«, sagte sie.

»Na, dann ist das hier womöglich noch das Tüpfelchen auf dem i. Du mußt es ihm doch nicht erzählen.«

»Ich will ihn nicht zurück.«

»Du willst nur sein Geld«, sagte Edward.

»Mein Gott, Edward, du weißt ja nicht, wie das war, mit ihm zu leben.«

Edward konnte es sich vorstellen, aber er sagte: »Wie das ist, mit jemandem zusammenzuleben... so etwas kann man doch nicht verallgemeinern.«

»Er ist reich«, sagte sie. »Und verwöhnt.« Effie hatte einen Liebhaber, den Elektronikfachmann Ernie Howe. Sie war sehr hübsch, und man konnte nicht erwarten, daß sie den Versuchungen, die ihr auf Schritt und Tritt winkten, Jahr um Jahr widerstehen würde. Sie war eine richtige Schönheit. Ernie Howe war ebenfalls ein gutaussehender Mann, aber er hatte nicht das

Geld, das Harvey hatte und an das Effie gewöhnt war. Er hatte allerdings eine recht gute Stelle, und Edward vermutete, daß Effie, die ihrerseits bei einer Werbeagentur arbeitete, mit dem schlichteren Leben an seiner Seite vielleicht sogar zufrieden gewesen wäre, wenn sie Ernie geliebt hätte. Nur weil sie jetzt ein Baby erwartete, glaubte sie, daß sie Harvey dazu bringen könnte, sich mit einer großzügigen Abfindung von ihr scheiden zu lassen. Und für Edward sprach nichts dagegen.

Harvey hatte auf Effies Briefe nie geantwortet. Sie schrieb ihm weiter über seinen Anwalt. Sie berichtete ihm von ihrer Affäre und sprach auch von Scheidung.

Schließlich konnte sie sich auf völlig ungeplante Weise seine Adresse in Saint-Dié beschaffen. Allerdings hatte sie seinen Anwalt aufgesucht, um die Adresse von ihm zu erbitten. Er antwortete jedoch, er könne lediglich ihre Briefe weiterleiten. Effie ging nach Hause, schrieb einen Brief und brachte ihn, weil das schneller ging als mit der Post, am nächsten Tag persönlich wieder zu dem Anwalt. Dort gab sie ihn der Vorzimmerdame mit der Bitte um Weiterleitung. Die Frau hatte einen ordentlichen kleinen Stapel bereits frankierter Briefe auf dem Schreibtisch liegen. Effie folgte einer plötzlichen Eingebung und sagte unvermittelt: »Wenn Sie wollen, kann ich die Briefe für Sie einwerfen, denn ich komme sowieso am Briefkasten vorbei.«

»Oh, das wäre aber nett«, sagte das einfältige Ding, »ich muß nämlich zum Briefeinwerfen immer eine Bushaltestelle weiter gehen.« Schnell schrieb sie also Harveys Adresse auf den Umschlag und übergab Effie lächelnd die Briefe. Und obwohl Edward zu ihr sagte: »Du solltest Harvey nicht erzählen, wie du an seine Adresse gekommen bist; das ärgert ihn und kann dir nur schaden; und gegenüber dem armen Mädchen in der Kanzlei ist es auch nicht fair«, schrieb sie ihm dennoch direkt und erzählte ihm von ihrer kleinen List. »Um so eher wird er einsehen, wie dringend es ist«, sagte sie.

Aber Harvey antwortete noch immer nicht.

So kam es, daß Edward nun ihretwegen diese Reise gemacht hatte. Nebenbei erhoffte Edward sich auch einen Kredit. Bis er von den Filmleuten die vereinbarte Gage bekam, war er knapp bei Kasse.

Während ihres gemeinsamen Studiums hatten Edward und Harvey sich stets einander anvertraut. Harvey hatte Edwards Vertrauen seines Wissens nie in dem Sinne gebrochen, daß er andern etwas weitererzählt hätte; aber er hatte die Angewohnheit, Edward immer im unpassendsten Moment etwas unter die Nase zu reiben; das war ärgerlich und bereitete Edward einiges Unbehagen, zumal es Harvey stets gefiel, ihn an Dinge zu erinnern, die er irgendwann einmal gesagt hatte und eigentlich gern vergessen hätte. Anscheinend pickte Harvey sich dazu eigens die abfälligen Bemerkungen heraus, die Edward vor so langer Zeit, nämlich vor zehn oder zwölf Jahren, einmal von sich gegeben hatte, zum Beispiel damals, als er etwas wenig Nettes über Ruth gesagt hatte, was seinerzeit vielleicht witzig geklungen hatte, wahrscheinlich aber gar nicht so gemeint gewesen war. Selten erinnerte Harvey ihn dagegen an die ernstgemeinten Lobeshymnen, die er über andere, auch über Ruth, auszuschütten pflegte. Wieviel Gutes und Schönes war ihm zum einen Ohr hinein- und zum andern gleich wieder hinausgegangen; wieviel Häßliches, Gehässiges, Unreifes, Frivoles und Kritteliges aus Edwards Mund hatte er dagegen in sein Gedächtnis eingespeichert! Edward kam es so vor, als hebe Harvey von diesem vor langer Zeit einbezahlten Kapital immer dann die Zinsen ab, wenn es ihn am härtesten traf; er nannte das einen Vertrauensbruch ganz besonderer Art. Harvey würde das natürlich abstreiten und sagen, er habe nun einmal ein sehr gutes Gedächtnis, und seine Erinnerungen seien heilsam, denn Edward habe nun einmal die Neigung, sich selbst etwas vorzumachen, und im Endergebnis seien die unbequemen Wahrheiten der Vergangenheit stets besser als die bequemen Illusionen.

Und zweifellos hatte Harvey oft recht. Seine kalte Seite war fraglos etwas rein Persönliches und in Edwards Augen nicht einmal unvereinbar mit Harveys ungewöhnlicher Gutmütigkeit und seinen gelegentlichen Anwandlungen von Großzügigkeit. Und mit seinen Moralvorstellungen. Wohl ganz besonders mit seinen Moralvorstellungen.

Edward erzählte immer viel von sich und Harvey in jungen Jahren, und das auch vor Leuten, die sie gar nicht kannten. Aber kaum jemand hört aufmerksam den Erinnerungen eines Menschen zu, der es im Leben nicht weit gebracht hat; irgendwie muß immer das Endergebnis einer Lebensgeschichte deren Erzählung rechtfertigen. So blieb bei Edwards Freunden nur der Eindruck hängen, daß er mit den Gedanken immerzu bei Harvey war. Edward wünschte, daß einmal irgend etwas in seinem Leben geschehen möge, worüber er Harvey vergessen und sich seinem Einfluß entziehen könne. Er dachte: Das kann nur durch eine große Veränderung in meinem Leben geschehen. Die Scheidung von Ruth, die aber undenkbar ist (und wieso denke ich trotzdem daran?). Oder ein großer Erfolg als Schauspieler; etwas jedenfalls, was ich nicht habe.

Nun saß er also hier in Harveys Cottage in Frankreich und sagte schließlich: »Ich bin hauptsächlich wegen Effie hier. Ruth macht sich Sorgen um sie, große Sorgen. Ich bin Ruth zuliebe gekommen.«

»Ich erinnere mich«, sagte Harvey, »wie du einmal, nachdem du Ruth gerade geheiratet hattest, zu mir gesagt hast: ›Ruth ist eine Pfarrersfrau und wird es immer sein.‹«

Edward war bestürzt. »Ach, das war doch nur Getue. Du weißt doch, wie das damals war.«

Damals war Edward Vikar gewesen und hatte mit seiner Pfarrgemeinde so erfolgreich Theaterstücke aufgeführt, daß er in anderen Pfarreien landauf, landab sehr gefragt war. Nicht lange, und er sah ein, daß er eigentlich zum Schauspieler und nicht zum Vikar, nicht zum künftigen Pfarrer geboren war. Ihn interessierten nur seine Predigten, und auch die nur, weil er da oben auf der Kanzel eine kleine Bühne für sich und ein Publikum hatte. Die Gemeinde war von seiner Stimme und seinem Vortrag sehr angetan. Als er sein Amt niederlegte, hieß es in den meisten Briefen, die er bekam: »Ihre Predigten waren immer so aufrichtig«, oder: »Man merkte, daß Ihnen jedes Wort aus dem Herzen kam.« Das stimmte eigentlich auch. Und dennoch lag ihm bei der Predigt immer mehr an der Form als am Inhalt. Er sagte also den Wohltätigkeitsaufführungen, darunter *Ein Sommernachtstraum*, aufgeführt in der einen kühlen Sommernacht seiner Vikarszeit, für immer Lebwohl.

Er spielte im Repertoiretheater, dann jene Hauptrolle (in *The Curate's Egg*) im West End und war im Moment, da er hier saß und Effies wegen (und hauptsächlich Ruth zuliebe) mit Harvey redete, gerade dabei, seinen beengten und beschwerlichen Weg als Filmschauspieler zu gehen. »Beengt« nannte Edward seine Schauspielerkarriere deshalb, weil ihm zu oft die Rolle eines Priesters, Expriesters oder Sozialarbeiters zugewiesen wurde. Nun aber hatte man ihm in dem Film mit dem Arbeitstitel *Die Haßliebe* zu seiner Freude eine andere Rolle übertragen; da spielte er einen zynischen Gelehrten, einen Philosophen. Durch das Hineindenken in diese Rolle fühlte er sich in der Diskussion Harvey so ebenbürtig wie noch nie, und so brachte er mit der aus der Rolle erwachsenen Selbstsicherheit das Gespräch wieder auf Effie.

»Sie will die Scheidung«, sagte er und wartete die unvermeidlichen paar Sekunden auf Harveys Antwort.

»Ich halte sie nicht davon ab.«

»Sie will wieder heiraten, denn sie erwartet ein Kind von Ernie Howe. Und du weißt genau, daß sie dir deswegen geschrieben hat.«

»Geschrieben hat sie mir wegen Geld. Sie will Geld zum Heiraten. Ich bin ein vielbeschäftigter Mann und habe allerlei

Pflichten. Geld; nicht genug Geld, aber viel. Darauf läuft bei Effie alles hinaus.«

»Aber doch nicht ganz. Ich hätte gedacht, du wolltest sie glücklich sehen. Schließlich hast du sie verlassen. Du hast Effie Knall auf Fall sitzenlassen.«

Harvey wartete. Zeit spielte hier keine Rolle. »Nun gut, aber sie hat sich ja bald getröstet. Sie kann sich ohne weiteres scheiden lassen. Ernie hat ja einen Beruf.«

»Ich weiß nicht«, sagte Edward, »ob dir bewußt ist, wie gemein du sein kannst, Harvey. Ohne dein Geld würdest du nicht so reden.« Denn plötzlich war ihm eingefallen, daß Harvey ja kürzlich von einem Onkel in Kanada ein ansehnliches Vermögen geerbt hatte und nicht weiter so zu tun brauchte, als ob er noch der alte Harvey von bescheidenem Wohlstand wäre. Dieses Verhalten Effie gegenüber war grausam.

»Ich weiß nicht, was du meinst«, sagte Harvey nach einer angemessenen Weile. »Es ist mir eigentlich auch egal, was du meinst und was du sagst. Ich werde dir einen Brief an Stewart Cowper, meinen Londoner Anwalt, mitgeben und ihn entsprechend instruieren.« Harvey stand auf und nahm einen Schreibblock und einen Umschlag vom Bücherregal. »Ich schreibe ihm sofort«, sagte er, »dann kannst du wieder abreisen.«

Er schrieb, ohne lange zu überlegen, ganz als hätte er schon längst entschieden, ob und in welcher Höhe er Effie abfinden wolle, und hätte mit der Erledigung nur noch auf Edwards Besuch gewartet. Er adressierte den Umschlag, steckte den zusammengefalteten Brief hinein und klebte ihn zu, bevor er ihn Edward gab. »Du kannst ihn gleich persönlich zu ihm bringen. Das geht schneller als mit der Post.«

Edward wunderte sich, daß Harvey den Brief zuklebte, da doch er der Überbringer war. Ganz schön taktlos. Warum versuchte Harvey ihn nur so herabzusetzen?

»Spielst du Theater, Harvey?« fragte er. »Spielst du mir

hier einen Mann vor, der sich wie ein Schwein benimmt, nur weil er es sich leisten kann?«

Harvey mußte lange nachdenken. »Ja«, sagte er endlich.

»Die Rolle steht dir aber nicht. Solche Typen findet man noch in der älteren Film- und Theatergeneration. Ich kann mich an einen Produzenten erinnern, der zum Autor sagte: ›Das letzte Wort über das Drehbuch hat immer, wer den Scheck unterschreibt. Und den Scheck unterschreibe ich.‹ So etwas bekommt man auch heute noch zu hören. Der Mann hatte gelbe Augäpfel.«

Harvey saß mit verschränkten Armen da und blickte auf seinen überladenen Schreibtisch.

»Ich nehme an, du spielst die Rolle, um dich zu erleichtern«, sagte Edward.

»Ich habe das Gefühl, daß du dich gerade selbst erleichterst, Edward.«

»Vermutlich hängt dir das alles ziemlich zum Hals heraus«, sagte Edward. »Die Sache mit Effie und so. Ich weiß, daß du sie damals verlassen hast, weil es dich anwiderte, wie sie ihre gestohlene Schokolade aß und dabei vom Leiden der Hungernden redete. Das alles. Aber Effie hat auch ihre guten Seiten. Sie hat ein paar sehr gute Seiten.«

»Wenn ich dir Geld leihen soll, warum sagst du's nicht?« fragte Harvey, den Blick auf seinen Papieren, als habe er Heimweh nach ihrer einsamen Gesellschaft.

In seinem Gesicht standen Kummer und Leid, das war gewiß. Edward wußte nur nicht, inwieweit das aus ihm selbst kam. Harvey hatte einmal gesagt: »Es kann nur eine Antwort auf die Frage geben, warum Menschen unabhängig von Schuld oder Unschuld leiden; warum Leiden in keinem irgendwie gearteten Zusammenhang mit der moralischen Beschaffenheit eines Individuums, Stammes oder Volkes steht. Wenn du daran glaubst, daß es einen Schöpfer gibt, einen Gott, und daß er gut ist, kann die einzige logische Antwort auf das Problem des Leidens nur die sein, daß die Seele des einzelnen noch vor seiner Geburt einen Pakt mit Gott geschlossen hat, wonach er sein Leben lang leiden wird. Wenn wir geboren werden, wissen wir von diesem Pakt natürlich nichts mehr, aber wir haben ihn geschlossen. Nach dieser Theorie wären Leidende gewissermaßen vorbewußte Freiwillige. Auf Stämme oder Völker könnte das ebenso zutreffen, besonders in der Vergangenheit.«

Edward war von diesem, damals neuesten, Gedanken Harveys sehr beeindruckt gewesen. (Wie viele Theorien hatten sie früher schon über Hiob entwickelt!) Aber er hatte geantwortet, daß er die Notwendigkeit des Leidens damit noch immer nicht einsehen könne.

»Entwicklung ist nun einmal mit Leiden verbunden«, sagte Harvey.

»Dann wüßte ich gern, ob ich so einen Pakt mit Gott geschlossen habe«, sagte Edward, »denn gelitten habe ich auch.«

»Das haben wir alle«, sagte Harvey. »Aber ich rede jetzt zum Beispiel vom Leiden jener Unzähligen, die alljährlich verhungern. Von den glasigen Augen kleiner Kinder.«

»Ob deine Theorie sich wissenschaftlich belegen läßt?«

»Ich halte eine genetische Interpretation durchaus für möglich. Aber meine Überlegungen sind theologisch.«

Wenn Edward jetzt in das gequälte Gesicht des Freundes sah – so reich und herrisch er war, so niederträchtig er sein konnte –, beneidete er ihn um den inneren Abstand, mit dem er sich hinsetzen und dem Problem im Buch Hiob nachgehen konnte. Ein Mann wie Harvey konnte Abstand und Anteil zugleich nehmen. Edward beneidete ihn als Schauspieler. Und er beneidete ihn um die Gelassenheit, mit der er sich hinsetzen und wegen der Scheidung von Effie an seinen Anwalt schreiben konnte, ohne an das Geld, das dabei im Spiel war, auch nur einen Gedanken zu verschwenden. Und ohne ein Wort hatte Harvey auch schon einen Scheck für Edward ausgestellt; natürlich wußte er, daß Edward das Geld pünktlich zurückzahlen würde. Und nun fiel Edward auch wieder ein, daß Harvey, der keineswegs immer so großzügig war und Effies Briefe bisher ignoriert hatte, vor ein paar Monaten erst über seinen stets dienstbereiten Anwalt eine Kaution für Effie und Nathan, Ruths jungen Freund, gestellt hatte, weil sie bei einer Demonstration festgenommen worden waren und ihnen eine Anklage wegen Aufruhrs und Landfriedensbruchs drohte. Effie hatte die Kaution nicht gebraucht, weil ihr Liebhaber ihr schon zu Hilfe geeilt war, aber Nathan konnte sie brauchen. Beide bekamen die Auflage, sich künftig wohlzuverhalten. Harveys Geld war so etwas Selbstverständliches. Edward neidete es ihm und hatte ein schlechtes Gewissen, weil er wieder für die Dauer jenes kurzen, undenkbaren Augenblicks an die Möglichkeit gedacht hatte, sich ebenso abrupt und leichten Herzens von Ruth trennen zu können. Schnell, ganz schnell schloß er dieses Thema wieder ab. Es galt als ausgemacht, daß Edward und Ruth stets das gleiche dachten. Und auch diesen Gedanken mochte Edward nicht weiterverfolgen.

Als Theologiestudent hatte Edward, wenn im Frühsommer das Wetter schön war, so manche Stunde mit Harvey Gotham auf dem großen, grünen Geviert des Innenhofs der Universität im Gras gelegen, während nebenan die Krockethämmer klickten und die Spieler gedämpft ihre Stimmen ertönen ließen, und gemeinsam hatten sie über das Buch Hiob diskutiert, das für sie nicht nur die bedeutende und großartige Dichtung war, als die es allgemein angesehen wurde, sondern der Dreh- und Angelpunkt der ganzen Bibel.

Edward hatte das Band – oder sollte er Fessel sagen? – zwischen ihm und Harvey immer in ihrer gemeinsamen Liebe für den wunderbaren Hiob gesehen, ihren Studien, Analysen und Theorien. Harvey pflegte auf dem Rücken zu liegen, das eine Bein ausgestreckt, das andere angezogen, und Edward saß neben ihm, ließ sich die Sonne ins Gesicht scheinen und betrachtete die alten Schloßmauern, dieweil sein übriges Ich den Worten Harveys lauschte. »Es ist das einzige Problem. Das Problem des Leidens ist das einzige Problem. Darauf läuft letzten Endes alles hinaus.«

»Wußtest du schon«, hörte Edward sich in der Erinnerung fragen, »daß eine von Hiobs Töchtern, nachdem Reichtum und Familienglück ihm zurückgegeben worden waren, den Namen ›Salbhörnchen‹ bekam? Können wir uns wirklich vorstellen, daß unser gepeinigter Held sich über die eigentliche Belohnung gefreut hat?«

»Nein«, sagte Harvey. »Er hat weiter gelitten.«

»Laut Bibel nicht.«

»Ich bin aber überzeugt, daß er weiter gelitten hat. Vielleicht sogar noch mehr.«

»Es klingt aber doch merkwürdig!« hatte Edward gemeint, »daß er, nachdem er auf einem Dunghaufen gesessen und an Geschwüren gelitten und die Schadenfreude seiner Freunde erduldet und Familie und Vieh verloren hatte, noch weiter gelitten haben soll.«

»Er hatte sich daran gewöhnt«, sagte Harvey, »denn er erörterte ja nicht nur das Problem des Leidens, er litt auch am Problem des Erörterns. Und das ist unheilbar.«

»Aber er wollte doch mit Gott rechten.«

»Schon, aber Gott als Person kommt dabei schlecht weg, sehr schlecht. Donner und Blitz und ich bin ich und wer bist du? Er zieht eine Nummer ab. Siehe da den Leviathan. Siehe da den Behemoth. Tusch! Wo warst du, als ich die Erde gründete? Und Hiob antwortet unaufrichtig und fälschlich: ›Ich bin gering.‹ Und Gott sagt, gut, nachdem wir uns darüber einig sind, gebe ich dir deine Güter doppelt zurück, und du kannst vierzehntausend Schafe und sechstausend Kamele und tausend Joch Rinder und tausend Eselinnen haben. Und sieben Söhne und drei Töchter. Die dritte Tochter war Keren-Happuch – Salbhörnchen.«

Gegen Abend des Tages, an dem Edward nach Saint-Dié gekommen war, um Harvey zu besuchen, ging Harvey nach draußen und holte die Babywäsche herein. Er legte sie nicht zusammen, sondern lud sie nur auf einem Stuhl ganz hinten in der Spülecke der kleinen Küche ab. Er schien vergessen zu haben, daß er doch Edwards Abschied kaum erwarten konnte. Er tischte eine Flasche Wein, zwei Gläser, Brot und Käse auf. In Wirklichkeit sah Edward jetzt, daß Harvey ihn gar nicht gehen lassen wollte, damit er sich hinterher nicht wieder so einsam fühlte. Und da hatte Edward schon Gewissensbisse ob der Störung seiner vermutlich doch zufriedenen Abgeschiedenheit gehabt! Nun bereute er es zwar nicht, daß er ihm seine Gesellschaft aufgedrängt hatte, wohl aber, daß er ihm das darauf zwangsläufig folgende Nicht-mehr-Dasein aufdrängte. Denn mehr und mehr schien Harvey zu wünschen, daß er blieb. Edward sagte etwas von der Nachtfähre, die er noch erreichen wolle. Er dachte: Harvey hat gewiß etwas mit der Mutter des Babys, dessen Wäsche er eben von der Leine geholt hat. Es schien die Wäsche eines noch nicht einjährigen Kindes zu sein. Wo waren Mutter und Kind?

Von Mutter oder Kind war aber außer der Wäsche, die Harvey auf dem Stuhl deponiert hatte, nichts zu sehen. Edward war auch neidisch. Er neidete Harvey die Frau und das Kind. In diesem Moment wäre er gern so frei wie Harvey gewesen und hätte irdendwo, wenn auch nicht sichtbar, eine Frau mit Kind gehabt.

»Es ist sehr ruhig hier«, sagte Harvey, und damit wußte Edward nun gewiß, daß Harvey sich beim Gedanken an sein Weggehen wirklich mit einemmal sehr einsam fühlte. Vermutlich blieben Mutter und Kind über Nacht fort.

»Bleib doch heute nacht hier«, sagte Harvey. »Platz ist genug da.«

Edward hätte gern gewußt, wo Harvey seit seinem Verschwinden an der *autostrada* überall gewesen war und was er alles gemacht hatte. Aber davon sprachen sie nicht. Harvey erzählte ihm, daß Effie an einer Dissertation über Kinderarbeit in den westlichen Demokratien schreibe, die sich weitgehend auf Kingsleys *The Water Babies* stützte. Davon hatte sie Edward nichts gesagt. Harvey schien sich zu freuen, daß er mehr über sie wußte als Edward. Dann aber machten sie sich über Effie und ihre Begeisterung für den Soziologenrummel lustig.

Harvey machte ihm oben in einer Art Abstellraum ein Bett zurecht. Es war schon fast vier Uhr morgens, als er das grobe Leintuch über die Matratze zog und ihm aus zwei aufeinandergelegten Sofakissen ein Kopfkissen machte. Durch die Tür zu Harveys Schlafzimmer konnte Edward sehen, daß Harveys Bett schmal und das Mobiliar recht karg und von billiger moderner Machart war. »Wo ist das Baby?« fragte er.

»Was für ein Baby?« fragte Harvey zurück.

»Von dem die Wäsche an der Leine hing.«

»Ach, die«, sagte Harvey. »Die dient mir nur als Schutzvorrichtung. Ich hänge jeden Morgen Babywäsche an die Leine und nehme sie abends wieder ab. Natürlich jeden Tag andere.«

Edward fragte sich, ob Harvey nun wirklich verrückt geworden war.

»Das verstehe ich nicht«, sagte er und wandte sich schon wieder ab, wie wenn es nicht weiter wichtig wäre.

»Weißt du«, sagte Harvey, »wenn die Polizei ein Kind im Haus vermutet, platzt sie nicht so leicht hier herein und ballert herum. Andernfalls könnte sie hier hereinplatzen und herumballern.«

»Hol dich der Teufel«, sagte Edward.

»Wenn ich dir sage, wie es wirklich ist, verstehst du's ja doch nicht.«

»Danke.«

»Du würdest es nicht glauben«, sagte Harvey.

»Schon gut, ich will's auch gar nicht wissen.«

»Als ich hier einzog, habe ich gleich eine Wäscheleine gespannt. Das ist eine sichere Methode, um sich all die wohlmeinenden Frauen vom Leib zu halten, die immer um alleinstehende Männer herumscharwenzeln und für sie kochen, waschen, Socken stopfen und einkaufen wollen; sie lieben den Junggesellen; sogar in den Großstädten – kein Problem für einen alleinstehenden Mann, eine Haushaltshilfe zu bekommen. Seit ich von Effie weggegangen bin, habe ich überall, wohin ich kam, die Erfahrung gemacht, daß nur eine Leine voll Babywäsche, jeden Tag gewechselt, einem diese diensteifrigen Frauen fernhält; da glauben sie kurzerhand, es sei schon eine Frau da.«

Aber Edward kannte ihn zu gut. Mit Sicherheit war das einer dieser demonstrativen Akte, mit denen Harvey sich einer Welt mitzuteilen pflegte, deren Intelligenz er weit hinter der seinen zurückgeblieben sah. Harvey war stets in einem Zustand der Verärgerung und, zugegeben, allen andern um ihn herum jederzeit zehn Gedankenlängen voraus. Immer kurz vor einem Wutausbruch. Höchstwahrscheinlich gehörte die Babywäsche doch seiner Freundin.

Drei Stunden später, und noch ehe Harvey auf war, reiste Edward ab. Noch immer beneidete er Harvey um seine unsichtbare und wahrscheinlich gar nicht vorhandene Freundin und ihr Baby.

Zweites Kapitel

Nathan Fox und Ruth waren noch auf, als Edward nach London zurückkam. Es war Sonntag in Pimlico, ein Sonntag mit freien Parkplätzen und Licht in manchen Fenstern.

Nathan hatte vor über einem Jahr an der Universität, wo Ruth jetzt lehrte, seinen Magister für englische Literatur gemacht. Arbeit fand er keine. Die meiste Zeit kümmerte sich Ruth um ihn. Edward sagte immer, er selbst würde für Ruth fast alles tun; sie waren sich in allem einig. Darum war Nathan auch durchaus gern gesehen. Aber ausgerechnet heute abend, als Edward müde aus Frankreich kam und gern zu Bett gegangen wäre, weil er morgen wieder früh aufstehen mußte – er sollte um sieben im Studio sein –, ausgerechnet heute abend also hätte Edward es lieber gesehen, wenn Nathan nicht dagewesen wäre. Dabei wußte Edward auch nicht so recht, wie sie ohne Nathan hätten auskommen sollen. Nathan schämte sich nicht, sich einen Intellektuellen zu nennen, und das machte für Leute wie sie das Leben um einiges leichter. Nicht daß er wirklich ein Intellektueller gewesen wäre; er war nur gebildet. Aber sie konnten mit Nathan über alles reden, und gleichzeitig machte er sich im Haus nützlich. Er war sogar ein ganz guter Koch. Das machte ihn für ein berufstätiges Ehepaar wie Ruth und Edward zu einem unbezahlbaren Freund.

Nur gerade an diesem Abend – und dem einen oder andern Abend zuvor – hätte Edward sich gewünscht, Nathan wäre nicht da. Er wollte mit Ruth reden und früh zu Bett gehen. Aber da saß nun Nathan in seinen engen Jeans und einem T-Shirt mit dem Aufdruck: POESIE IST GEFÜHL IN BESCHAULICHER ERINNERUNG. Er war ein gutaussehender junger Mann, groß, mit ovalem Gesicht und sehr glatter, silbrig-grüner Haut – fast olivgrün. Seine Augenbrauen waren glatt, schwarz und bogenförmig, sein Haar dicht und glänzend und ebenfalls ganz schwarz. Aber eitel war er gar nicht. Wenn er morgens aufstand, war er in weniger als sieben Minuten geduscht, rasiert und angezogen. Edward hatte immer das Gefühl, daß in ihrem Schlafzimmer gerade erst der Wecker geklingelt hatte, wenn aus der Küche schon Kaffeeduft strömte und sie Nathan den Frühstückstisch decken hörten. Wie er das schaffte, wußte auch Ruth nicht. Sein morgendliches Lächeln war eine Augenweide; er hatte einen Mund wie ein Engel von Michelangelo und so gute, reine, kräftige und wohlgeformte Zähne, daß Edward insgeheim fand, er wirke vor allem durch sie so sexy.

Schwierig war bei Nathan nur zu erklären, was er eigentlich an ihnen fand. Sie bezahlten und ernährten ihn, so gut sie konnten, aber eigentlich war das Ganze nur als vorübergehende Lösung gedacht. Sie lebten zusammen wie die Besatzung einer Nordseebohrinsel. Es war nicht so, daß Nathan nicht von ihnen weggehen wollte, aber es sah so aus, als könnte er nicht. Edward dachte: Er ist in Effie verknallt und glaubt über uns am besten an sie heranzukommen. Oft fragte sich Edward, ob Effie wirklich Ernie Howe heiraten würde, wenn sie von Harvey geschieden wäre.

Als Edward aus Frankreich zurück war, aßen sie zu Abend, und er berichtete Nathan und Ruth fast von Anfang bis Ende, wie es in Harveys Cottage zugegangen war. Ruth wollte den zugeklebten Brief an den Anwalt mit eigenen Augen sehen; Edward stand auf und holte ihn aus seiner Reisetasche.

Sie drehte ihn ein paarmal hin und her; sie betrachtete ihn von allen Seiten; fast hätte sie noch daran gerochen. »Wie ungezogen«, sagte sie, »einen Brief zuzukleben, den du eigenhändig überbringen sollst!«

»Wieso?« fragte Nathan.

»Weil man das nicht tut«, sagte Ruth schnippisch. »Man klebt einen Brief, den ein anderer überbringen soll, nicht zu.«

»Und wie ist das mit dem Briefträger?«

»Ich spreche von Freunden.«

»Dann macht ihn doch auf«, sagte Nathan.

Edward hatte eigentlich gehofft, daß er das sagen würde, und wußte, daß Ruth denselben Gedanken gehabt hatte. Wenn sie allein gewesen wären, hätten beide ihn nicht laut ausgesprochen, obwohl er ihnen sicherlich durch den Kopf gegangen wäre, so neugierig waren sie darauf, was für eine Regelung Harvey in dem Brief an seine Anwälte für Effie getroffen hatte. Sie hätten den Brief ungeöffnet und ihre geheimen Wünsche unausgesprochen gelassen. Irgendwo waren er und Ruth doch immer noch Pfarrer und Pfarrersfrau.

Nathan aber spielte jetzt für sie die Rolle des in Moralfragen großzügigen Herrn von Welt, oder des unbefangenen Engels. Im Grunde war er überhaupt nur dafür da, wenn er schon da sein mußte. In seiner Unerfahrenheit und fröhlichen Unwissenheit sprach er oft Dinge aus, die sie selbst dachten, aber nicht auszusprechen wagten.

»Öffnen?« fragte Ruth.

»Das können wir doch nicht machen«, sagte Edward.

»Über Dampf geht es«, belehrte Nathan sie, als ob sie das nicht wüßten. »Man braucht nur einen Wasserkessel.«

»Wirklich?« fragte Ruth.

»Das merkt kein Mensch«, fuhr Nathan im Ton des Alleswissers fort. »Ihr könnt ihn danach wieder zukleben. Meine Mutter hat die Post an meine Tante immer über Dampf geöffnet. Sie wollte nur wissen, was darin stand, damit sie Bescheid wußte, wenn meine Tante ihr hinterher Lügenmärchen darüber erzählte. Das war, nachdem mein Vater gestorben war und meine Mutter und Tante zusammenzogen.«

»Ich weiß ja nicht, ob wir dazu ein Recht haben«, meinte Ruth.

»Ihr habt sogar die Pflicht«, erklärte Nathan, in beschwörendem Ton an Edward gewandt. »Bei meiner Mutter war es nicht Pflicht, auch wenn sie das sagte. Aber hier ist es einfach eure Pflicht, den Brief zu öffnen. Er könnte ja förmlich Dynamit enthalten.«

»Er hätte ihn wirklich nicht zukleben sollen«, meinte Edward. »So etwas kann beleidigend sein. Jedenfalls war es ungehörig von Harvey. Das habe ich eigentlich auch gleich gedacht.«

»Du hättest dich dagegen verwahren sollen«, sagte Nathan. Jetzt war Edward richtig froh, daß Nathan heute abend bei ihnen war.

»Gegen so etwas kann man sich schlecht verwahren«, sagte Ruth. »Aber ich glaube, wir haben ein Recht, zu erfahren, was in dem Brief steht. Zumindest du als Überbringer, Edward.«

Sie dampften den Brief in der Küche auf und lasen ihn zu dritt.

Lieber Stewart,
Diesen Brief überbringt Dir ein gewisser Edward Jansen, ein alter Freund von mir aus Studententagen. Ich weiß nicht, ob Du ihn kennst. Er ist so eine Art Schauspieler, aber das nur nebenbei. Meine Frau, Effie, ist seine Schwägerin. Er war hier, um mit mir über eine Scheidung von Effie zu sprechen. Wie Du weißt, widersetze ich mich nicht. Sie will eine Abfindung. Soll sie nur wollen; laß sie ruhig klagen.

Eigentlich will ich Dir in diesem Brief nur sagen, daß auch ich das Buch Hiob für nachexilisch halte, also etwa um 500 v. Chr. datiert, aber es könnte auch Mitte des 5. Jahrhunderts sein. Es wäre leicht denkbar, daß es etwa zur gleichen Zeit entstanden ist wie Aischylos' *Der gefesselte Prometheus.* (Sophokles' *Philoktet,* auch ein Werk mit Hiob-Thema, entstand meines Wissens 409.)

Dein Harvey

»Diesen Brief überbringe ich nicht«, sagte Edward.

»Das mußt du aber«, sagte Nathan. »Sonst denkt er noch, du hättest ihn geöffnet.«

»Es ist etwas faul daran«, sagte Edward. Er ärgerte sich sehr.

»Von wegen ›so eine Art Schauspieler‹«, sagte Ruth in einem besänftigenden Ton, der ihn erst richtig rasend machte.

»Das ist Effies Schuld«, erklärte Ruth. »Sie hat Harvey zu so etwas gemacht.«

»Jedenfalls bin ich morgen viel zu sehr beschäftigt, um persönlich nach Gray's Inn zu fahren«, sagte Edward.

»Dann mache ich das«, sagte Nathan.

Drittes Kapitel

Es war Oktober. Harvey saß an seinem Schreibtisch an der Wand des Wohnzimmers in seinem kleinen Cottage.

»*Hiob 37,5*«, schrieb er. »Gott donnert mit seinem Donner wunderbar...«

»Ich glaube, wir müssen aus England noch mehr Kretonne bestellen«, sagte Ruth, die ihm über die Schulter sah.

Ende August war Ruth hier eingezogen und hatte Effies kleines Töchterchen mitgebracht. Das Kind lag jetzt für ein paar segensreiche Minuten oben und schlief.

Harvey blickte von seiner Arbeit auf. »Ich bin voll guten Willens«, sagte er.

»Er trieft dir schon aus allen Poren«, versetzte Ruth liebenswürdig. Und sie fragte sich, wie sie Harvey nur so viele Jahre hatte ablehnen und schneiden können. Es erstaunte sie immer noch sehr, daß sie jetzt hier bei ihm war. Daß er mit dem Arrangement voll einverstanden, ja sogar froh und glücklich darüber war, wunderte sie schon weniger; sie wußte, daß alles, was um ihn herum geschah – jedes Kommen und Gehen –, ihm bei seiner völligen Hingabe an das Buch Hiob im Grunde nebensächlich war. Aber daß *sie* hier war, mit Effies Kind, das erstaunte sie mitunter so sehr, daß ihr fast schwindlig wurde. Vorgehabt hatte sie das jedenfalls nicht, als sie beschlossen hatte, mit Effies Töchterchen einfach hier aufzukreuzen.

Nachdem sie hier war, hatte sie einmal zu Harvey gesagt: »Eigentlich stand das so nicht auf dem Plan.«

»Es war ja auch kein Plan«, sagte Harvey, »sondern ein Komplott.«

»So könnte es äußerlich den Anschein haben«, sagte Ruth. Aus ihrer Sicht hatte sie nur Gerechtigkeit gewollt. Es war nicht zu erwarten, daß Effie, wie sie nun einmal geartet war, lange von Ernie Howes Gehalt mit ihm in einem kleinen

Häuschen würde leben wollen. Als Effie fand, daß sie Ernie nicht mehr liebte, hatte Ruth angeboten, das Kind zu nehmen. Harveys Geld hätte auf Effies Entscheidung vielleicht gar keinen großen Einfluß gehabt. Ruth hatte jedenfalls gewußt, daß sie am Ende ja doch Effies Baby würde nehmen müssen. Es war ihr eigentlich ganz recht.

Effie klagte zur Zeit gegen Harvey auf Unterhalt, aber bisher erfolglos. »Die Juristen sind immer auf der Seite des Geldes«, sagte sie. Harvey ignorierte ihre Briefe weiter.

Das Baby, das auf den Namen Clara hörte, war Ende Juni zur Welt gekommen. Effie arbeitete, nachdem sie Ernie Howe verlassen hatte, eine Zeitlang wieder auf ihrer alten Stelle in der Werbeagentur. Dann wechselte sie zu einer internationalen Wohltätigkeitsorganisation in Rom. Ernie war von Ruths Plan, mit der kleinen Clara Harvey zu besuchen, zunächst gar nicht begeistert gewesen. Sie saßen in ihrer Wohnung in Pimlico, wo Ernie sich jetzt öfter Trost holen und seine Tochter besuchen kam.

»Er kommt mir nicht vor wie ein Mensch mit *sent-y-ments*«, sagte Ernie.

Edward hätte Ernie gern ein bißchen Sprechunterricht erteilt, um seine Ausdrucksweise seiner schlichten Herkunft wieder näherzubringen. »Er mag nicht sentimental sein«, sagte Edward, »aber natürlich hat er deswegen doch Gefühle.«

»Vor allem gegenüber dem Kind, das seine Frau von ihrem – tja –, von ihrem Liebhaber hat.«

»Wer der Vater ist«, sagte Edward, »wird ihn nicht weiter kümmern. Er hält nur eben nichts von Sentimentalität. Punkt.«

»Es ist eine Frage der Gerechtigkeit«, sagte Ruth.

»Wie kommst du darauf?« fragte Nathan.

»Nun, Effie hätte nie ein Kind von Ernie bekommen, wenn Harvey sie nicht verlassen hätte«, erklärte Ruth. »Harvey hätte ihr selbst ein Kind machen sollen. Also ist er für Clara verantwortlich; es ist eine Frage der Gerechtigkeit, und bei seinem Reichtum wäre es eben am besten, er würde die Verantwortung übernehmen und Effie Unterhalt zahlen. Er könnte Effie sogar zurücknehmen.«

»Effie will aber nicht zu Harvey Gotham zurück«, sagte Ernie.

»Und Harvey würde sie nicht wieder nehmen«, sagte Edward. »Er meint, bei Effie drehe sich alles nur ums Geld.«

»Da hat er leider recht«, sagte Ernie.

»Warum kann Clara denn nicht weiter bei uns bleiben?« fragte Nathan, der mittlerweile dem Kind schon das Essen zu machen und das Bad zu bereiten verstand.

»Ich nehme sie doch nur mit zu Besuch«, sagte Ruth. »Was ist daran auszusetzen? Du, Edward, hast Harvey schon besucht. Und jetzt versuche ich es mal.«

»Aber sieh zu, daß du sie nur ja wieder mitbringst«, sagte Ernie. »Die rechtliche Situation –«

»Möchtest du Effie immer noch heiraten?« fragte Edward ihn.

»Ehrlich gesagt, nein.«

»Effie ist so schön«, sagte Nathan. Er stand auf, um Getränke nachzuschenken. »So eine schöne Frau!«

»Eine Frage der Gerechtigkeit. Ein Kontoausgleich.« Mit diesen Worten erklärte Ruth es Harvey. »Ich bin leidenschaftlich für Gerechtigkeit«, sagte sie.

»Wer Gerechtigkeit will«, sagte Harvey, »verlangt im allgemeinen sehr wenig, wenn es akut wird. Ein Kontoausgleich ist nicht alles, was man von der Welt erwarten kann.«

Sie vermutete, daß er wieder an seinen Hiob dachte, und so war es auch. Männer, die mit den Gedanken halb bei religiösen Themen waren, wenn sie ihr antworteten, waren ihr nichts Neues. Das Leben mit Edward war auch aus diesem Grund so unbefriedigend geworden, nachdem er den Priesterrock ausgezogen hatte und Schauspieler geworden war.

Ruth und Effie waren in einem ländlichen Pfarrhaus aufgewachsen, das jetzt in vier geräumige Wohnungen unterteilt war. Ende der Fünfziger hing noch die Ärmlichkeit des Krieges darüber, aber sie wußten um die Verwahrlosung nur durch das Zeugnis der Älteren, die ihnen erzählten, wie es in der »guten alten Zeit« gewesen war, sowie durch den Vergleich mit Vorkriegsfotos von Gartenpartys, auf denen man Dienstboten und Bäume sah, alles wohlgepflegt, und die Chintzvorhänge im Salon paßgenau und neu. Im übrigen nahmen sie es einfach hin, daß ihr Leben sich behelfsmäßig zwischen kaputten Schubkarren und Blecheimern in der Gartenlaube, verwilderten Gärten und verwahrlosten Bäumen abspielte. Sie hatten eine Eiche von gewaltigem Umfang und einen Maulbeerbaum, der, wie man aus früheren Skizzen des Grundstücks ersah, älter war als das Haus. Auf dem Friedhof stand eine Eibe, deren Stamm den Umfang und die Form ihres ovalen Eßzimmertisches hatte; der Stamm war innen hohl und die Rinde zu einer Orgelpfeifenform verwachsen. Eiben hatte man ursprünglich auf Friedhöfen angepflanzt, weil sie giftig für das Vieh waren, und da man sie zur Herstellung von Langbogen benötigte, pflanzte man sie an Stellen, wo das Vieh nicht hinkam. Solche Dinge schnappte Ruth Gott weiß wo auf; sie erfuhr Neues noch aus der Luft, die sie atmete. Unter den Dachtraufen vor Ruths Zimmerfenster nisteten Hausschwalben, die bei ihren morgendlichen An- und Abflügen wie schwarzweiße Blitze bis fast unter das offene Fenster geschossen kamen.

Ein verschlissener Teppich bedeckte die Treppe bis zum ersten Absatz. Von da an nur noch blankes Holz. Die meisten Zimmer blieben unbenutzt. Im Krieg waren darin Beamte einquartiert gewesen, aber das war vor Ruths Geburt, und sie hatte das Haus nie voller Menschen erlebt, wofür ein Pfarrhaus ja eigentlich gedacht war.

Bis Edward Schauspieler wurde, war die Religion für Ruth die meiste Zeit ihres Lebens Broterwerb gewesen. Ihr Vater war, was Edward einmal als einen Berufschristen bezeichnet hatte; sie nahm zwar an, daß er, wie ihre Mutter, auch ein gläubiger Christ war, hatte aber nie den Eindruck, daß beide jemals Zeit gehabt hatten, sich darüber Gedanken zu machen.

Effie war drei Jahre jünger als Ruth. Während der ganzen Schulzeit und noch mit Anfang Zwanzig standen die beiden Schwestern einander sehr nah. Ruth überlegte, wann es eigentlich angefangen hatte, daß ihre Auffassungen vom Leben so auseinandergingen. Das mußte nach Ruths Rückkehr aus Paris gewesen sein, wo sie ein Jahr in einer französischen Familie verbracht hatte. Kurz danach ging auch Effie als Au-pair-Mädchen nach Frankreich.

Als Kind eines Arztes oder Metzgers muß man an das Gewerbe seines Vaters nicht unbedingt glauben. Sie aber mußten in ihrer Kindheit in ganz besonderer Weise an den Priesterberuf ihres Vaters glauben. Gottesdienste und Morgen- und Abendandachten waren Bestandteil dieses Berufs; die Familie war von Amts wegen arm – was nicht heißen soll, daß sie Hungerleider gewesen wären, nur eben arm nach den Maßstäben eines Landpfarrers. Ruths Mutter verdiente mit Schreibarbeiten zu Hause etwas hinzu und hatte immer zu tun. Sie schaffte auf ihrer alten Vorkriegsschreibmaschine dreihundertfünfzig Anschläge pro Minute. Vor der Heirat hatte sie es in Pitman's-Kurzschrift auf hundertdreißig Wörter pro Minute gebracht. An Sommerabenden hörte Ruth, wenn sie zu Bett ging, von unten das Tack-tack-tack der Schreibmaschine, und morgens erwachte sie von einem ganz ähnlichen Geräusch, das der Specht im Baum vor ihrem Fenster machte. Ruth war immer davon ausgegangen, daß es Effie ebenso erging, doch als sie ihre Schwester viele Jahre später darauf ansprach, konnte Effie sich an derlei Geräuscheffekte nicht erinnern.

Effie ging nach ihrer Rückkehr aus Frankreich auf die Universität, verließ sie aber nach einem Jahr wieder, etwa um dieselbe Zeit, als Ruth ihr Examen machte und Edward heiratete.

Ruth arbeitete mit für Edward in der Gemeinde und organisierte zu Weihnachten lebende Krippen mit echtem Baby, echtem Ochsen und einer echten Jungfrau; sie schrieb für das Pfarrblatt spezielle Gebete zum Heiligen Geist und zur Heiligen Dreifaltigkeit (die sie Gebete zum HG usw. nannte) und veranstaltete Gartenfeste für wohltätige Zwecke. Sie hielt Vorträge, stickte Tagesdecken und lehrte Kinderpflege und Marmeladekochen. Ruth ging voll darin auf. Derweil geriet Effie aus der Bahn, und wenn ihr das wortreich vorgehalten wurde, fragte sie: »Welche Bahn? Wessen Bahn?« Effie war es, die von Edward zum erstenmal sagte, daß er mehr Schauspieler als Gottesmann sei, und brachte ihn damit wohl erst auf die Idee.

Effie war in der Sozialarbeit tätig, als Ruth heiratete. Die Schwestern sahen einander in einzelnen Zügen sehr ähnlich; aber es war einer jener Fälle, in denen das Gesamtergebnis dennoch so verschieden ausfiel, daß Effie auffallend schön war, Ruth dagegen nicht weiter bemerkenswert; vielleicht hatte es etwas mit Farbe und Teint zu tun. Wie auch immer, jedenfalls hatten alle nur Augen für Effie. Beide Schwestern waren blond und hatten die hellen Wimpern und dünnen Brauen mancher holländischer Porträts.

Durch Edward lernten Effie und Harvey Gotham sich kennen. Effie, die reiche Leute gewohnheitsmäßig verachtete, heiratete ihn dennoch. Sie nahmen sich ein kleines Haus in Chelsea, und anfangs reisten sie überallhin gemeinsam.

Als Edward Schauspieler wurde, bekam Ruth eine Stelle an der Universität und lehrte Geschichte des 20. Jahrhunderts. Edward bekam ein Engagement beim Fernsehen, das etwa um dieselbe Zeit auslief, als Ruth bemerkte, daß es mit Effie und Harvey nicht recht klappte. Effies junge Freunde aus der Sozialarbeit gingen bei ihr ein und aus und diskutierten ihr soziales Gewissen. Harvey war sehr viel fort.

»Du gehst fremd«, sagte Ruth zu Effie.

»Wie meinst du das?« fragte Effie.

»Ich weiß Bescheid«, sagte Ruth.

»Was weißt du?«

»Ich weiß genau Bescheid«, sagte Ruth, aber das sollte nur heißen, daß sie ihre Effie kannte.

»Du reimst dir bloß was zusammen«, sagte Effie betroffen.

»Ich weiß«, sagte Ruth, »daß du Liebhaber hast. Nicht *einen* Liebhaber. Plural.«

Edward hatte noch immer kein neues Engagement. An Urlaub war dieses Jahr nicht zu denken, aber Effie und Harvey planten eine Autoreise durch Italien.

Ruth sagte: »Könntest du Harvey nicht dazu bringen, uns zu eurem Italienurlaub einzuladen.«

»Das mag er sicher nicht«, sagte Effie. »Zu viert in einem Wagen.«

»Der Wagen ist groß.«

»Ihr könntet doch euren Kostenanteil gar nicht aufbringen«, sagte Effie.

»Den ganzen nicht.«

»Und was das mit meinen Affären zu tun hat, den echten oder eingebildeten«, sagte Effie, »weiß ich wirklich nicht.«

»Nein?«

»Ruth«, sagte sie, »du bist eine Erpresserin.«

»Das sieht nur für dich so aus. Für mich sieht es einfach so aus, daß wir mit euch nach Italien fahren. Das Geld ist Harvey egal.«

»Mein Gott«, sagte Effie, »mir wär's fast lieber, du würdest hingehen und ihm sagen, was du weißt. Denk mal an das viele Leiden auf der Welt, die Millionen Hungernden. Kannst du da nicht mal auf ein Vergnügen verzichten? Geh doch schon zu Harvey und sag ihm, was du weißt. Dein gemeiner Eigennutz, deine –«

»Du schockierst mich«, sagte Ruth. »Bleib bitte bei der Sache. Hältst du es für wahrscheinlich, daß ich zu deinem Mann gehen und ihm sagen würde …?«

Sie fuhren mit Effie und Harvey in Urlaub, und Nathan,

Ruths Studenten, nahmen sie auch noch mit. Effie stahl in einem Supermarkt an der *autostrada* zwei Tafeln Schokolade, und Harvey verließ sie stehenden Fußes. Es war das Ende ihrer Ehe. Zum Glück hatte Effie genug Geld bei sich, um den Rest der Reise zu bestreiten. Es war ein Urlaub von großer Schönheit. Effie versuchte die Bilder in den Kunstgalerien zu genießen, die Brunnen und Plätze, die alten Denkmäler und die mediterrane Üppigkeit, aber selbst wenn sie faul am Strand lag, war ihr unwohl.

Harvey erkannte Effies Züge in Ruth; er mußte oft denken, daß Ruth war, was Effie hätte sein sollen. Es war so einer dieser Fälle, in denen jemand zu Besuch kommt und für immer bleibt. (Harvey hatte einmal von einem Schriftsteller gehört, der einer jungen Kritikerin widerstrebend ein Interview gab, worauf sie fürs Leben bei ihm blieb.) Es entpuppte sich keineswegs als so ungemütlich, wie es hätte werden können, denn Ruth hatte einen der Schuppen draußen für sich in Anspruch genommen und leergeräumt und verbrachte mit dem Kind die meiste Zeit des Tages darin. Alle Veränderungen nahm sie so unaufdringlich wie möglich vor. Wenn Lieferwagen vorfuhren und einen neuen Teppich oder noch einen Ofen brachten, war an einem Vormittag alles geschehen. Harvey bezahlte die Rechnungen. Wenn das Kind schrie, regte es ihn auf, aber das kam selten vor, denn Ruth fuhr mit dem Kind regelmäßig weg, wohl um es anderswo schreien zu lassen. Sie nahm es auch mit zum Einkaufen.

Drei Wochen nach ihrer Ankunft sagte Ruth: »Ich werde Edward schreiben.«

»Ich habe ihm schon geschrieben«, sagte Harvey.

»Ich weiß«, sagte sie, und er wunderte sich, woher, denn er hatte den Brief persönlich zur Post gebracht. »Aber ich will ihm auch selbst schreiben. Ich könnte nie mehr die Frau eines Schauspielers sein.«

»Und wenn er ein berühmter Schauspieler wäre?«

»Er ist aber kein berühmter Schauspieler. Mal eine Rolle hier, eine da, und ab und zu ein Film. Und Gott weiß wie von sich eingenommen, wenn er ein Engagement hat. Ich hatte ein schöneres Leben, als er noch Pfarrer war.«

Aber sie sehnte sich nicht einmal nach diesen Tagen der Kirchenfeste, Abendvorträge und Nähkurse zurück. Sie hatte sich in ihr neues Leben, sosehr es auch vom Buch Hiob beherrscht war, schon fest eingelebt.

»Du fühlst dich bei jemandem, der in der Gottesbranche arbeitet, einfach sicherer«, sagte Harvey, »weil du darin mehr zu Hause bist.«

»Stimmt vielleicht.«

»Und das festere Einkommen.«

»Soweit es reicht«, sagte sie, denn sie hatte wenig Ansprüche für sich. »Aber ich habe mich gelangweilt«, sagte sie. »Er hat mir immer recht gegeben, und das tust du nicht.«

»Das liegt nur daran, daß du eine Trösterin bist«, sagte Harvey. »Hiob hatte seine Tröster, mit denen er sich streiten konnte; warum soll ich keine haben?«

»Siehst du dich als Hiob?«

»Nicht direkt, aber man kommt nicht daran vorbei, mit dem Mann zu sympathisieren.«

»Das weiß ich nicht so recht«, sagte Ruth. »Hiob war ein sehr reicher Mann. Er hat alle seine Reichtümer verloren, alle Söhne und Töchter, und das hat er sehr philosophisch hingenommen und gesagt: ›Der Herr hat's gegeben, der Herr hat's genommen; der Name des Herrn sei gelobt.‹ Dann bekommt er Geschwüre, und da erst gehen ihm die Nerven durch, da ist er persönlich betroffen. Erst da fängt er an, sich über Gott zu beschweren. Er fragt nicht, warum seine Söhne ihr Leben lassen mußten, erkundigt sich bei Gott nicht nach dem Grund für ihr Schicksal. Erst sein Hautausschlag rüttelt ihn auf.«

»Vielleicht war's eine Gürtelrose«, sagte Harvey. »Das ist eine Nervenkrankheit. Seine Nerven waren jedenfalls angegriffen.«

Ruth sagte: »Er mußte erst selbst betroffen sein, bevor er reagierte. Am eigenen Körper betroffen. Höchst egozentrisch. Und allzusehr scheint er mir nicht gelitten zu haben, sonst hätte er diese langen Streitgespräche nicht durchgehalten. Er kann nicht einmal Fieber gehabt haben.«

»Da bin ich anderer Meinung. Ich glaube, er hatte während der ganzen Streitgespräche hohes Fieber«, sagte Harvey. »Denn die sind hochpoetisch. Ansonsten könntest du aber recht haben; das Fieber hatte vielleicht der Autor. Hiob selbst saß nur mit langem Gesicht da und disputierte gegen die Theorien seiner Freunde an.«

»Notier dir das«, befahl Ruth.

»Tue ich schon«, sagte er und tat es auch.

»Jemand muß ihm zu essen gegeben haben«, sagte Ruth. »Jemand muß ihm seine Mahlzeiten gebracht haben, denn er saß ja auf einem Dunghaufen vor der Stadt.«

»Ich bin nicht sicher, ob er auf einem Dunghaufen vor der Stadt saß. Das ist nur eine Annahme, die auf einer unverifizierten griechischen Version des Textes beruht. Es heißt lediglich, daß er auf dem Boden in der Asche saß. Vermutlich am eigenen Herd. Und das Essen wurde ihm zweifellos von seiner guten Frau gebracht.«

Ruth hatte sich als ausgezeichnete Köchin entpuppt, trotz der Enge in der Küche mit diesem unheimlichen dreistufigen Spirituskocher.

»Wie verstehst du das mit seiner ›guten Frau‹?« fragte Ruth. »Sie hat doch zu ihm gesagt: ›Sage Gott ab, und stirb.‹ «

»Damit hat sie doch nur ihrer Erbitterung Ausdruck gegeben. Sie war seiner Meckereien müde und wollte, daß er sich's ein für allemal von der Seele redet und Schluß damit.«

»Ich vermute, daß die Frau gelitten hat«, sagte Ruth. »Aber der Verfasser des Buchs hat aus ihr gar nichts gemacht. Hiob hatte verdient, was er bekam.«

»Genau das versuchten seine drei Freunde ihm beizubringen«, sagte Harvey. »Aber Hiobs Standpunkt war ja gerade, daß er es nicht verdiente. Leiden steht in keinem Verhältnis zu dem, was der Leidende verdient.«

Ruth schrieb im September:

Lieber Edward,
Du wirst inzwischen wohl begriffen haben, daß ich meine Meinung über Harvey geändert habe. Was er Dir geschrieben hat, weiß ich nicht.

Er ist wirklich ein hochinteressanter Mann. Und ich glaube, ich kann Harvey helfen.

Ich werde nie mehr zurückkommen und das Leben auf mich nehmen können, das wir miteinander geführt haben. Mein Gott, ich weiß gar nicht, wie ich je glauben konnte, es zu können. Du weißt, daß ich etwas ganz anderes vorhatte. Ich habe das Gefühl, Harvey braucht mich. Ich spiele eine Rolle in seinem Leben. Er meint es ernst. Bilde Dir nicht ein, ich lebte hier im Luxus. Er erwähnt seinen Reichtum nie mit einem Wort. Aber ich weiß natürlich, daß ich alles haben kann, was ich für mich und Clara brauche.

Du hast vielleicht von Ernie Howe gehört, daß er Clara hier besuchen kommen will. Sie ist gesund und hübsch und quicklebendig.

Sicher hast Du ja von Harvey erfahren, wie die Dinge zwischen uns stehen. Es ist noch zu früh, um über die Zukunft zu reden.

Das war ein schwieriger Brief. Ich weiß, daß Du mir in allem, was ich sage, recht geben wirst. Wie immer.

Ruth.

Sie gab Harvey den Brief zu lesen und beobachtete ihn dabei. Er sah jünger aus als Edward, obwohl er ein wenig älter war, aber das kam wahrscheinlich von Edwards Bart. Harvey war hager, dunkelhaarig, groß und sehnig.

»Ein bißchen trocken«, sagte Harvey.

»Besser kann ich es nicht. Edward kennt mich ja.«

»Er wird wahrscheinlich gekränkt sein«, sagte Harvey.
»Er liebt mich nicht«, sagte Ruth.
»Woher weißt du das?«
»Wie will man so etwas überhaupt wissen?«
»Zumindest wird er nicht gern verlieren, was ihm gehört.«
»Das ist was anderes.«

Jetzt war Oktober, und Ruth sprach davon, Kretonne aus England zu bestellen. »In Frankreich bekommt man nicht genau das, was ich haben möchte«, sagte sie.

Harvey schrieb:

Lieber Edward,
danke für Deinen Brief.
Das Kind zahnt und macht nachts einen Höllenlärm. Ruth kommt kaum mal eine Nacht zur Ruhe. Ich auch nicht. Seit drei Tagen regnet es unablässig. Ernie Howe war hier. Wir haben uns unterhalten. Er scheint mir gegenüber brüderliche Gefühle zu hegen, weil wir beide mit Effie zu tun hatten. Er will immerzu über Effie reden. Ich nicht. Hinterher hat Ernie in dem Schuppen nebenan, den Ruth für sich und Clara eingerichtet hat, Ruth gefragt, ob sie nicht wieder nach London will und bei ihm leben und das Kind mitbringen möchte. Ruth hat nein gesagt. Ich glaube, er ist hinter Ruth her, weil sie ihn an Effie erinnert. Er sagt, er wolle Ruth das Kind nicht wegnehmen, wenn sie sich nicht von ihm trennen wolle, und das will sie ja nicht.

Tut mir leid, zu erfahren, daß Du Ruth nicht vermißt. Das solltest Du nämlich.

Scheck anbei. Ich weiß, daß Du nicht ›Deine Frau verkaufst‹. Warum sollte ich das meinen? Du hast auch schon Geld von mir genommen, bevor ich mit Ruth schlief, wo ist also der Unterschied?

Ich bin nicht der Meinung, daß die Tröster nur aus Schadenfreude kamen. Sie haben Hiob sein Leiden erleichtert, indem sie mit ihm diskutierten und ihn so zum Reden brachten. Jeder auf seine Art haben sie ihm bedeutet, daß er sein Unglück ›verdient‹ habe; er müsse irgendein Unrecht begangen haben. Und Hiob bleibt dabei, daß er nichts getan hat, daß die Katastrophen, die da zuhauf über ihn gekommen sind, in keiner Beziehung zu seinem Handeln stehen. Er bringt ihnen ihre ganze Theologie durcheinander. Diese drei Freunde von ihm sind sehr geduldig, sehr rücksichtsvoll im Hinblick auf ihre historische Stellung. Aber Hiob macht eine Nervenkrise durch. Er kann nicht schlafen. Siehe 7,13–16.

> Wenn ich gedachte, mein Bette soll mich trösten, mein Lager soll mir meinen Jammer erleichtern,
> So erschrecktest du mich mit Träumen, und machtest mir Grauen durch Gesichte,
> Daß meine Seele wünschte ersticket zu sein, und meine Gebeine den Tod.
> Ich begehre nicht mehr zu leben. Laß ab von mir...

Darum sage ich, die drei Tröster haben ihm wenigstens Gesellschaft geleistet. Und sie haben abwechselnd den Psychoanalytiker gespielt. Hiob war wie der Patient auf der Couch.

Ruth hat kein Mitleid mit Hiob. Für sie ist er ein Chauvi. Auch ein Standpunkt.

Das Baby hat wieder zu plärren angefangen. Ich weiß nicht, was ich gegen den Krach machen soll.

Dein Harvey

Ruth kam herein, auf den Armen die kleine Clara, die das ganze Fäustchen im Mund hatte und Töne von sich gab, die halb Lachen, halb Weinen waren. Bald würde sie zu brüllen anfangen. Ruth fielen die Haare ins Gesicht, das nun nicht länger das Gesicht einer Pfarrersfrau war.

»Weißt du schon, daß sie das Château verkaufen wollen?« fragte sie.

Das Château lag eine halbe Meile weiter den grasüberwachsenen Weg hinauf, der beim Cottage anfing. Harvey kannte den Besitzer und hatte das Haus gesehen; das war damals, als er das Cottage mietete. Er wußte, daß es zum Verkauf stand, schon seit Jahren.

»Es fällt auseinander«, sagte er zu Ruth.

»Ein Jammer, es derart verkommen zu lassen!« sagte Ruth. »Es ist ein bezauberndes Haus. Es weckt in mir irgendwelche Erinnerungen an meine Kindheit, ich weiß nur nicht genau, was für welche. Vielleicht an ein Haus, in dem ich mal zu Besuch war. Ich finde, man könnte etwas dafür tun.«

Sie hielt Harvey das unruhige Kind vors Gesicht, damit er ihm Grimassen schneiden konnte. Er bleckte die Zähne und knurrte, worauf Clara ihren Kummer vorübergehend vergaß. Sie roch nach saurer Milch.

Viertes Kapitel

Oben beim Château, wo der verwahrloste Rasen grüner war als um Harveys Cottage und die Sträucher dicht und sattgrün, nutzten Handwerker die hellen Stunden der letzten Tage vor den Weihnachtsferien. Einen Flügel hatten sie schon wieder bewohnbar gemacht. Das Haus war über diesem Teil repariert, aber die meisten Zimmer waren noch kalt. Ruth hatte jedoch in einem der Wohnzimmer schon für Feuer gesorgt und in zwei Schlafräumen Ölöfen aufgestellt. Ein guter Anfang.

Es war nicht eben leicht gewesen, Harvey zum Kauf des Châteaus zu überreden! Und jetzt war er ganz begeistert. Nachdem er sich einmal zum Kauf entschlossen hatte – das war der schwerste Teil gewesen –, ging alles ganz leicht. Harvey schickte nach seinem Londoner Anwalt, Stewart Cowper, und seinem französischen Anwalt, Martin Deschamps, um sich in Nancy mit der Familie, der das Château gehörte, zu treffen und über das Geschäft zu verhandeln. Im Oktober war Ruth mit Harvey zu diesem Treffen gefahren, Clara in ihrem Klappwagen bei sich. Als es dem Baby im Hotelzimmer zu langweilig wurde, beruhigte Ruth es, legte es in den Kinderwagen und fuhr es auf der Place Stanislas ein bißchen spazieren. Nicht lange, und Ruth sah durch die prächtigen vergoldeten Tore die ganze Gruppe herauskommen, angeführt von Harvey, der gesagt hatte, er wolle in die Sonne hinaus und die Verhandlungen auf dem prunkvollen Platz fortsetzen. Harvey, seine zwei Anwälte und die drei Mitglieder der Familie de Remiremont, bestehend aus einem Mann mittleren Alters, seiner Tochter und einem Neffen, kamen und schlossen sich Ruth an. Die Tochter legte die Hand auf den Griff des Kinderwagens. So flanierten sie alle zusammen auf höchst unprofessionelle Weise dahin und redeten von Notaren und

Steuern und dem auf Grundstücke in ausländischem Besitz anwendbaren Recht. Man sah, daß dies nur ein Vorspiel war.

Harvey sagte: »Wir müssen Sie jetzt verlassen. Ich schreibe eine Abhandlung über das Buch Hiob.«

Es war nicht leicht, ihnen zu erklären, was das Buch Hiob war. Das lag nicht an Harveys Französisch, sondern an ihren Bibelkenntnissen, von denen sie wie die meisten guten Katholiken so gut wie keine hatten. So standen sie da, der Vater in seiner alten Tweedjacke und Hose, Tochter und Neffe in Wollpullovern und Jeanshosen, und rätselten herum, wer oder was Hiob war. Schließlich erinnerte sich der Vater. Es fiel ihm alles wieder ein. »Dann sollten Sie es nicht eilig haben«, sagte er. »Hiob war doch geduldig, nicht? Oder spricht man nicht von einer Hiobsgeduld?«

»In Wahrheit«, sagte Harvey, »war Hiob der ungeduldigste Mensch auf Erden.«

»Nun, es ist jedenfalls gut zu wissen, was Sie in Ihrer elenden kleinen Hütte da so schreiben«, sagte der Ältere. »Ich habe mich das schon oft gefragt.«

»Ich hoffe, daß uns bald das Haus gehört«, meinte Ruth.

»Das hoffen wir auch«, antwortete der Besitzer. »Ich werde froh sein, wenn ich es los bin.« Der junge Mann und das Mädchen lachten. Die Anwälte blickten ob dieser Ehrlichkeit und Freimütigkeit, in der sie zweifellos eine Fassade vermuteten, die irgendeine hinterhältige Absicht verschleierte, ein wenig besorgt drein.

Ruth und Harvey ließen sie daraufhin allein. Innerhalb eines Monats war alles geregelt, bis auf die letzten amtlichen Formalitäten, die sich noch Jahre hinziehen konnten. Jedenfalls hatte Harvey bezahlt, und Ruth konnte die Handwerker kommen lassen.

»Statt mich meiner irdischen Güter zu entledigen, um mich mit Hiob im Einklang befinden zu können, lege ich mir anscheinend mehr und immer mehr davon zu«, lautete Harveys einziger Kommentar.

Ruth schrieb ein paar Tage vor Weihnachten an Effie, mit dem Briefblock auf den Knien vor der einzigen Wärmequelle sitzend, während die Handwerker herumhämmerten.

Liebe Effie,
ich liebe Harvey wirklich, und Du hast keinen Grund, zu sagen, das sei nicht wahr. Es war so schön, wie er das Haus gekauft hat – so ganz nebenbei –, während wir mit Clara und der Familie, der das Château gehörte, um die Place Stanislas herumspaziert sind – und dann hat Harvey allen die Hand gegeben, und das war's. Die Anwälte haben zwar noch damit zu tun, aber das Haus gehört uns.

Ich werde aus Deinem Brief nicht klug. Du willst Clara nicht haben, zumindest nicht die Last mit ihr. Harvey verachtest Du. Was soll das heißen, daß ich Dir Deinen Mann und Dein Kind gestohlen hätte? Benimm Dich bitte wie ein zivilisierter Mensch.

Ruth hielt inne, las, was sie geschrieben hatte, und zerriß den Brief. Warum soll ich Effie antworten? Was schulde ich ihr? Sie hat ein Stück Schokolade gestohlen, aus Prinzip. Ich habe ihren Mann gestohlen, nicht aus Prinzip. Und ihr Kind, das habe ich ihr schon gar nicht gestohlen, sondern sie hat es im Stich gelassen. Gut, Effie ist jung und schön und muß jetzt für ihren Lebensunterhalt arbeiten. Wahrscheinlich ist sie abgebrannt.

Liebe Effie,
am meisten hat mich an dem Château der Specht vor dem Schlafzimmerfenster gelockt. Komm doch mal Clara besuchen.

Alles Liebe,
Ruth

Sie klebte den Brief zu und legte ihn auf das große Tablett in der Diele, damit er zur Post ging; damit es für alle Welt so aussah, als ob das Château ein funktionierender Haushalt sei. Das große Tablett neben der Tür war das einzige, was es in der großen, staubigen Diele überhaupt gab, aber es war ein Anfang.

Jetzt legte sie die schlafende Clara in ihre Tragetasche und verstaute diese auf dem Beifahrersitz ihres Autos. Einen Lunchkorb mit Brot, Pastete, Brathühnchen und einer Flasche Côte du Rhône stellte sie auf den Rücksitz und fuhr damit zu Harveys Cottage hinunter. Das müde, welke Gesträuch ums Cottage unterschied sich noch immer merklich von dem Grün beim Château, obwohl Ruth um ein paar Büsche herum die Erde aufgegraben hatte, damit sie besser gedeihen sollten; auch ein paar Blumenzwiebeln hatte sie gesteckt. Kaum hatte sie die Tür aufgedrückt, sah sie, daß Harvey Besuch hatte. Sie stellte den Eßkorb ab und ging das Baby holen, nachdem sie kurz die Umrisse des Besuchers zu sehen bekommen hatte: ein Student, irgendein junger Mann, angetan mit diesen Blue jeans, die so eng saßen, daß man unwillkürlich an die Brüste elisabethanischer Frauen dachte, weil man sich, wenn man ihre Porträts betrachtete, auch da verwundert fragte, wo sie ihre natürlich gewachsenen Wölbungen nur hinsteckten. Der Student folgte ihr zum Wagen. Es war Nathan.

»Nathan! Du bist es – du hier. Ich hatte dich gar nicht erkannt...« Er weckte Clara mit einem dicken Kuß, worauf die Kleine losheulte. Er nahm das erwachte Kind auf den Arm und stolzierte mit ihr auf und ab. Harveys Gelehrtenhütte war ein einziger Jahrmarkt.

»Ich habe zu Nathan gesagt, daß oben Platz genug für ihn ist«, sagte Harvey zu Ruth.

Auch Nathan hatte zu essen eingekauft. Tüchtig wie immer, hatte er gleich die Gläser und Teller gefunden und den Tisch zum Lunch gedeckt. Ruth wiegte Clara wieder in Schlaf, aber sie schlief nur halb, eine angeknabberte Brotkruste in der Faust.

Harvey sprach sehr wenig. Das Heft, in dem er geschrieben hatte, war zugeklappt und sein Papierkram ganz unnatürlich geordnet; die Schreibutensilien waren ordentlich zusammengelegt, und der ganze Schreibtisch sah so aufgeräumt aus. Den Blick starr auf den Boden zwischen seinen Füßen, saß er da.

Nathan erklärte: »Ich mußte einfach kommen. Sonst hatte ich ja auch nichts zu tun. Und mein letzter Urlaub ist lange her.«

»Und wie geht es Edward?« fragte Ruth.

»Hört ihr denn nichts von ihm?«

»Doch, natürlich«, sagten Ruth und Harvey übereinstimmend.

Nathan öffnete seine Reisetasche, und weitere Dinge kamen zum Vorschein, die er unterwegs eingekauft hatte: Käse, Wein, Pastete und eine Flasche Framboise. Er ließ die Tasche geöffnet, während er die Sachen zum Tisch trug. Harvey sah zwischen Kleidern und Schuhen in Weihnachtspapier gewikkelte Päckchen vom Boden der Tasche aufragen. Mein Gott, er war zu Weihnachten gekommen! Harvey sah Ruth an: Hatte sie ihn eingeladen? Ruth bedankte sich aufgeregt und redete und redete.

»Wolltest du Weihnachten in Paris verbringen?« erkundigte sich Harvey. Er hatte Nathan seit diesem Urlaub in Italien, als er seine Reisegefährten an der *autostrada* verlassen hatte, nicht mehr gesehen und glaubte distanziert und unpersönlich sein zu können, ohne zu kränken.

»Vor allem wollte ich Clara zu Weihnachten besuchen«, sagte Nathan. Damit nahm er das Baby aus der Tragetasche.

»Laß sie schlafen«, sagte Harvey.

»O ja, Nathan muß über Weihnachten hierbleiben«, sagte Ruth. »Paris wird so überlaufen sein. Und sündhaft teuer. Nathan ist übrigens ein hervorragender Koch«, fügte sie hinzu.

»Das habe ich schon gehört.«

Ruth bemerkte nicht den Ausdruck leerer Verzweiflung in

Harveys Gesicht – oder tat, als ob sie ihn nicht bemerkte; die Blässe, die Ausweglosigkeit, die geöffneten Lippen, den auf einen einzigen, quälenden Gedanken konzentrierten Blick. In der Tat war es ganz plötzlich über ihn gekommen: Was fange ich mit all diesen Leuten hier an? Wer hat diesen Hanswurst gebeten, uns hier zu Weihnachten zu besuchen? Was soll ich mit Weihnachten, und Ruth, und einem Kleinkind und einem albernen Jüngling, der Urlaub braucht? Wozu habe ich dieses Château gekauft, wenn nicht, um Ruth und das Baby auf dem Buckel zu haben? Er warf einen Blick auf seinen Schreibtisch und verlor die Nerven.

»Ich fahre weg, ich hole nur schnell meinen Mantel«, sagte er und lief, immer zwei Stufen auf einmal nehmend, die Treppe hinauf.

»Harvey, was ist denn los?« fragte Ruth, als er in Schaffelljacke und Wollmütze wiederkam. Es hatte zu schütten angefangen, goß wie aus Eimern.

»Willst du nichts essen?« fragte sie.

»Entschuldigt, ich habe zu tun«, sagte Harvey im Hinausgehen. Die Autotür knallte zu. Beim ersten Versuch sprang der Motor nicht an. Das Orgeln des Anlassers klang bei jedem neuen Versuch wütender, bis Harvey schließlich weg war.

Als er abends wiederkam, war das Cottage leer und alles aufgeräumt. Er schenkte sich einen Whisky ein, setzte sich hin und dachte an Effie. Sie war so anders als Ruth, als entstamme sie einer anderen Rasse. Ruth war gütig – wenigstens relativ. Effie war nicht relativ, am allerwenigsten gütig. Sie war absolut faszinierend. Harvey erinnerte sich an Effie auf Partys, ihre Schönheit, die zum Teil aus ihrer schlagfertigen Fröhlichkeit bestand. Wie konnten zwei Schwestern einander äußerlich so ähnlich sehen und zugleich so verschieden sein? Jeden Augenblick konnte Ruth hier hereinkommen und ihn schelten, daß er nicht die rechte Weihnachtsstimmung habe. Effie täte das nie. Ruth war durch und durch bourgeois; Effie war anarchistisch, aristokratisch. Effie fehlt mir, dachte Harvey bei sich, sie fehlt mir sehr. Das Geräusch von Ruths kleinem Wagen, der eben die Zufahrt herunterkam, langsam wegen des Nebels, stimmte in diesen Gedanken ein wie ein Achtuhrschlag – wenn sich eine Uhr im Zimmer befunden hätte. Er sah auf seine Armbanduhr: Punkt acht. Sie war gekommen, um ihn zum Abendessen zu holen; im Château lagen drei Gedecke auf dem Tisch des eleganten Salons, und in einer Hängematte in der Ecke schaukelte das Baby.

Ruth trat ein. »Weißt du, Harvey«, sagte sie, »ich finde, du könntest netter zu Nathan sein. Es ist doch Weihnachtszeit. Er hat den weiten Wege hierher gemacht, und man sollte sich jetzt weihnachtlich einstimmen.«

Nathan war oben im Château, für Weihnachten einquartiert. Ich hätte ihn wegschicken sollen, dachte Harvey. Ich hätte sagen sollen, daß ich Ruth und das Baby zu Weihnachten für mich allein haben will. Warum habe ich es nicht gesagt? – Weil ich sie nicht für mich allein haben will. Ich will sie nicht richtig, nicht genug.

Ruth wirkte zufrieden, nachdem sie ihr Sprüchlein aufgesagt hatte. Es bedurfte keiner weiteren Worte. Harvey dachte: Ich kann diese Frauen nicht halten. Weder Effie noch Ruth. Ich denke nicht genug an sie, und das nehmen sie übel, wie ich es übel nehme, wenn sie mit etwas anderem kommen, einem Menschen, einer Idee. Ja, das ist verständlich.

Er kippte den Whisky hinunter und zog seinen Mantel an.

»Nathan findet es großartig von dir, daß du das Château gekauft hast, nur damit ich es mit Clara hier schön habe«, sagte Ruth.

»Ich habe es aber auch für mich gekauft. Ich hatte schon immer daran gedacht, es zu kaufen.«

»Nathan hat das Buch Hiob gelesen und sich ein paar Gedanken gemacht.«

»Du meinst, er hat seine Hausaufgaben gemacht. Er muß mich für ein Ungeheuer halten und glauben, er müsse sich als

Gegenleistung für meine Gastfreundschaft mit meinem Thema befassen.«

»Er ist nur höflich. Außerdem ist das ja jetzt auch mein Thema«, sagte Ruth.

»Wieso?« fragte Harvey. »Nur weil ich dich ins Château gesetzt habe?«

Zwischen den nebligen Bäumen, die den langen Weg zum Château säumten, dachte er: Sie glauben, ich sei so ein Langweiler, daß ich sie schon bestechen muß, damit sie herkommen und die Tröster spielen.

Im Château gab er sich von der leutseligsten Seite; er goß die Getränke ein. Um das Thema Hiob tunlichst zu vermeiden, normal zu sein und einfach Konversation zu machen, platzte er mit dem heraus, was ihm gleichfalls durch den Kopf ging: »Gibt es Neues von Effie?«

Mein Gott, jetzt habe ich das Falsche gesagt. Nathan und Ruth schauten beide für einen Moment richtig erschrocken und betreten drein; beide erkennbar aus verschiedenen Gründen. Nathan war vermutlich eingeschärft worden, das Thema Effie zu vermeiden; Ruth rückte Effie nicht gern in den Mittelpunkt; es genügte, daß sie noch immer Harveys Frau war, irgendwo weit weg draußen und außer Sichtweite.

»Effie?« fragte Ruth.

»Ich habe von ihr gehört«, sagte Nathan. »Nur eine Postkarte, als sie rauskam.«

»Wo raus?«

»Aus dem Triester Gefängnis. Wußtet ihr das nicht?«

»Harvey redet nie über Effie«, sagte Ruth. »Ich habe es eben erst gehört. Sie hat mir vorige Woche aus London geschrieben, aber nichts von Gefängnis erwähnt.«

»Was war denn passiert?« fragte Harvey.

»Sie ist in einem Triester Supermarkt beim Ladendiebstahl erwischt worden. Angeblich hat sie es getan, um einmal ein Frauengefängnis von innen studieren zu können. Nach drei Tagen war sie wieder draußen. Im ›Telegraph‹ war ein kleines

Foto von ihr, in den anderen Zeitungen nichts; das war vor etwa einem Monat«, sagte Ruth. »Nathan hat es mir eben erzählt.«

»Auf ihrer Karte hat sie nur geschrieben, daß sie nach München will«, sagte Nathan.

»Viel Spaß«, meinte Harvey.

»Ich dachte, München sei eine schöne Stadt«, meinte Ruth.

»Ein komischer Gedanke. In München gibt's ein Glockenspiel, da kommen zweimal täglich Figuren raus und tanzen. Das ist alles.«

»Sie hat dort Freunde«, sagte Nathan. »Auf der Karte hat sie mir geschrieben, daß sie nach München zu Freunden will. Sie kommt anscheinend in der Welt herum.«

»Schön, dann freut es mich für Effie, daß es in München mehr gibt als ein Glockenspiel. Wer hat diese Suppe gekocht?«

»Nathan«, sagte Ruth.

»Schmeckt prima.« Warum hatte Stewart Cowper ihm nichts von Effies Festnahme gesagt? Harvey fühlte sich überbeschützt. Wie sollte man sich mit dem Problem des Leidens auseinandersetzen, wenn alle sich verschworen hatten, einem jedes Leiden vom Leib zu halten? Er kam sich vor wie der reiche Mann im Gleichnis: ›Es ist leichter, daß ein Kamel gehe durch ein Nadelöhr, als daß ein Reicher in das Reich Gottes komme.‹

»So etwas sollte man unvoreingenommen angehen«, sagte Ruth soeben, und Harvey versuchte bestürzt herauszubekommen, wovon sie gerade sprachen. Es stellte sich heraus, daß die Rede von dem unverschämten Preis war, den Nathan für das Taxi vom Flughafen zum Château bezahlt hatte.

»Es fährt auch ein Zug«, sagte Harvey.

»Das habe ich ihm auch gerade erklärt«, sagte Ruth. »Soviel Geld auszugeben, soviel wie für den Flug. Er hätte mich doch vom Flughafen aus anrufen können.«

»Ich habe eure Nummer nicht«, sagte Nathan.

»Stimmt, das hatte ich vergessen«, sagte Ruth. »Die Nummer bekommt niemand. Harvey muß seine Ruhe haben. Aufgrund seiner Position wollen immer alle möglichen Leute etwas von ihm. Dabei ist er extra hier, um von dem allen weg zu sein, weil er ein wichtiges Thema studiert und seine Abhandlung darüber schreibt. Das mußt du verstehen, Nathan.«

Nathan wandte sich an Harvey. »Vielleicht hätte ich dir das von Effie nicht sagen sollen.«

»Ach was, das ist schon recht. Ich habe dich schließlich nach ihr gefragt.«

»Ja, das hast du«, sagte Ruth. Sie hatte Kalbsbraten aufgetischt, delikat in Weißwein zubereitet. »Du hast das Thema angeschnitten, Harvey.«

»Effie ist eine schöne Frau«, sagte Nathan. »So eine schöne Frau!«

Harvey fragte sich: Was weiß er denn, wie schön Effie ist? Er sah Nathan an und dachte: Er hat meinen Frieden gestört, sich hier für Weihnachten eingeladen; er spricht von meiner Frau, als ob sie Allgemeingut wäre (was sie auch ist); und er wird sich wieder mit Ruth zusammentun; sie werden sich verschwören, wie sie mich abschirmen können. Am Ende wird er sich Geld von mir leihen wollen.

»Wirst du dich denn heute nacht so ganz allein hier oben im Château auch wohl fühlen?« fragte Harvey mit Nachdruck. »Ruth und ich schlafen nämlich immer unten in meinem Cottage; gleich nach dem Frühstück bringt Ruth das Baby dann wieder hierher, so daß ich gegen halb acht mit der Arbeit anfangen kann.«

»Ihr könnt mir ja Clara hierlassen, dann werde ich mich schon nicht einsam fühlen«, meine Nathan.

»Nein, nein«, sagte Harvey. »Clara hat ihr Plätzchen bei uns. Sie zahnt gerade.«

»Nathan ist an Clara gewöhnt«, sagte Ruth. »Er kennt sie und hat sie von Geburt an versorgt.«

»Ich finde nicht, daß wir unsere Gäste für uns Babysitter

spielen lassen müssen.« Und im stillen fügte er hinzu: Bilde dir nicht ein, du gehörtest hier zur Familie; du bist in diesem Haus einer von ›unseren Gästen‹.

»Na ja, da sie zahnt, nehme ich sie besser mit mir«, sagte Ruth. »Wirklich, Nathan.«

»Über Weihnachten ziehen wir hier herauf ins Château«, sagte Harvey, da Ruth nun das Mahl mit einem Käsesoufflé krönte, wie es leichter nicht mehr sein konnte. Er holte die Cognacgläser.

Fünftes Kapitel

Lieber Edward,
ein glückliches Neues Jahr, und Dank für Deinen Brief.

Am Tag vor Heiligabend kreuzte er hier auf. Nach dem Abendessen blieb er noch lange auf, um über seine Gedanken zu Hiob zu diskutieren – er hatte einiges gelesen (mir zuliebe, was wohl ein Kompliment sein soll). Ich teile Deine Meinung nicht, daß er ›durch und durch berechnend‹ sei, das finde ich gar nicht. Ich glaube, er wollte nur Weihnachten mit Ruth und der Kleinen zusammen verbringen. Lieber noch hätte er Weihnachten mit Effie verbracht. Er wollte nicht Weihnachten mit Dir feiern; darum bist Du so sauer. Du solltest Dir Freunde zulegen und öfter ein paar nette Kollegen einladen, hübsche junge Schauspielerinnen, und Partys geben. Das würde Nathan gefallen.

Wir sind zur Christmette in die hiesige Kirche gegangen. Nathan hatte Clara in einer Trageschlaufe auf dem Rücken, und sie hat die ganze Zeit geschlafen. Es war sehr voll.

Er ist noch nicht wieder weg. Macht auch keine Anstalten.

Ich stimme Dir zu, daß Hiob unentwegt von Moral redet, das Buch Hiob aber ganz und gar nichts Moralisches an sich hat. Es ist sogar schockierend amoralisch.

Gott hat mit Satan gewettet, daß Hiob seinen Glauben nicht verliert, so schwer er auch geschlagen wird. Hiob erfährt nie von dieser Wette, auch seine Freunde nicht. Aber der Leser weiß Bescheid. Schließlich nennt Satan ausdrücklich die Wettbedingungen (2,5):

> Aber strecke deine Hand aus
> und taste sein Gebein und Fleisch an:
> was gilt's, er wird dir ins Angesicht
> absagen!

Und Gott sagt: Nur zu (›Siehe da, er sei in deiner Hand, doch schone sein Leben!‹).

Im weiteren wird Hiob nun, nachdem er schon seine Söhne und seine Güter verloren hat, von Geschwüren angesteckt. Er bekommt Besuch von seinen bürokratischen Freunden, die ihm sagen, daß er das alles verdient haben muß. Die Folge ist, daß Hiob eine Art Nervenzusammenbruch erleidet. Er verlangt eine Erklärung und bekommt sie nie.

Kennst du diesen Vers von Kipling?

Die Kröte unter der Egge weiß
genau, wo jeder Zahn sie beißt;
der Schmetterling am Wegesrand
predigt der Kröte kühlen Verstand.

Ich finde, das beschreibt Hiobs Not. Die Geschwüre gehen ihn persönlich an, sie lösen ihm die Zunge, lassen seinen Geduldsfaden reißen. Er macht Gott nicht ausdrücklich Vorwürfe, aber unausgesprochen eben doch.

Ich muß Dir berichten, daß wir Anfang des neuen Jahres von Leuten belästigt wurden, die sich ums Haus herumtrieben. Ein paar »Touristen« (um diese Jahreszeit!) kamen zum Château und fragten, ob sie es besichtigen könnten. Nathan hat sie abgewimmelt. Ruth will gehört haben, wie sich neulich »Fremde« im Dorfladen nach mir erkundigt hätten. Ein verdächtig aussehender Arbeiter kam zu meinem Cottage und gab an, er sei geschickt worden, um die elektrischen Anlagen zu überprüfen (nicht den Zähler abzulesen, sondern die Anlage zu prüfen). Er zeigte mir seinen Ausweis, der scheinbar in Ordnung war. Aber das Elektrizitätswerk hatte nie von ihm gehört. Wir haben den Verdacht, daß Effie ein paar Privatdetektive auf uns angesetzt hat. Ich habe an Stewart Cowper geschrieben. Woher könnte sie das Geld haben?

Warum hast Du mir nicht erzählt, daß Effie in Triest wegen Ladendiebstahls verhaftet wurde?

Ich hoffe, Du bekommst die Rolle in diesem Stück, das Du in Deinem Brief erwähnst. Inzwischen müßtest Du ja Bescheid haben.

Dein Harvey

Bitte sieh Dir doch im Londoner Zoo mal für mich die Krokodile an. Ihre Lider stehen senkrecht, oder? Leviathan im Buch Hiob wird allgemein für ein Krokodil gehalten. Es heißt von ihm: »Seine Augen sind wie die Wimpern der Morgenröte.« Alle Kommentare sind in diesem Punkt bisher unbefriedigend. Du erinnerst Dich vielleicht, daß sie das schon immer waren.

ZWEITER TEIL

Sechstes Kapitel

Im Dorfladen, zwei Kilometer von Harveys Cottage, herrschte normaler Betrieb, als Harvey sich gegen neun Uhr seine Zeitung und Zigaretten holen kam. Daran erinnerte er sich im weiteren Verlauf des Tages genau, als er sich mitten im späteren Trubel der Ereignisse darangab, diese aufzuschlüsseln, angefangen hier, wo sein Tag begann.

Der Laden hatte zwei ineinander übergehende Abteilungen. Der Besitzer, ein Hüne um Mitte Vierzig, dessen dunkelgraue Arbeitsschürze die gleiche Farbe hatte wie seine Haare, kümmerte sich um die Abteilung mit den Lebensmitteln, Waschpulvern, Fleisch- und Wurstwaren, Käse, Obst und Gemüse, alles appetitlich ausgebreitet, nebst einem großen Sortiment ausgezeichneter Vogesenweine, in Reihen gestapelt und nach Arten und Preisen sortiert. Im anderen Teil des Ladens regierte seine Frau, eine Mittdreißigerin, pummelig, rosig, mit kurzen schwarzen Locken. Sie hatte die Kaffeemaschine, Spirituosen, frische Backwaren, Süßigkeiten, Zeitungen und Zigaretten, ein paar Schreibwaren und andere gutgehende Artikel unter sich.

An diesem Morgen bestellte Harvey sich einen Espresso, sein Päckchen Zigaretten und die Lokalzeitung, in die er selten einen Blick warf. Während er seinen Kaffee trank, schaute er sich um; die verdächtigen Leute waren heute nicht da; es war auch nicht damit zu rechnen, daß sie immerzu hier am Tresen standen, denn es wäre zu auffällig gewesen, wenn sie tagaus, tagein hier herumgelungert hätten: zwei junge Belgier, die Wälder und Höhlen durchforschten, Studenten, mit dem Zelt unterwegs, wie die Ladenbesitzer gesagt hatten. Das klang recht unwahrscheinlich; sie waren zu alt für Studenten. Ein Mann und eine Frau waren auch dagewesen, noch älter, in den Vierzigern, die ausgesehen hatten wie ein Pariser Hausmeisterehepaar. Harvey war überzeugt, daß es Effies Detektive waren, die hier das Beweismaterial für Effies hohe Unterhaltsklage zusammentrugen. Die Ladenbesitzer hatten sich offenbar nichts weiter dabei gedacht, wenn sie die Straße hinauf und hinunter spazierten. Die sogenannten Belgier waren in einem Wohnmobil mit Lyoner Nummer hier – was nichts besagte, da sie es wahrscheinlich gemietet hatten. Das Ehepaar, beide groß und kräftig, fuhr einen mattgrünen Citroen Diane 6. Harvey hatte auf seine beiläufigen Erkundigungen nach den Belgiern so prompte Antworten bekommen, daß ihm nicht danach war, auch noch nach dem anderen Paar zu fragen. Womöglich standen die Ladenbesitzer in ihrem Sold.

Heute morgen war von den Fremden jedenfalls nichts zu sehen. Am Tresen standen nur zwei junge Burschen aus dem Dorf; in der Lebensmittelabteilung standen ein paar Bauersfrauen an der Kasse Schlange. Harvey trank seinen Kaffee, bezahlte, nahm seine Zeitung und Zigaretten und ging. Im Hinausgehen hörte er hinter sich das Geschnatter der Frauen, nur etwas aufgeregter und empörter als sonst: »*Les supermarchés, les supermarchés*...« Dieses Wort hörte er am häufigsten heraus, weshalb er annahm, daß es um Preise und Lebensmittel ging.

Er legte die Zeitung neben sich, und als er losfuhr, fiel sein Blick auf eine Bildergruppe auf der Titelseite. Es waren Phantomzeichnungen von drei gesuchten Personen, zwei Männern und einer Frau. Die Züge der Frau erinnerten ihn sehr an Ruth. Das mußte er ihr unbedingt zeigen. Am Ende der Straße bog er nach Epinal ab, denn dahin wollte er.

Nach etwa zwei Kilometern kam er an eine Straßensperre; zwei Polizeimotorräder, drei Polizeiautos, ganz schön viel. Wahrscheinlich hing es mit den Fahndungsbildern zusammen. Harvey kramte seine Papiere hervor und wartete geduldig, während der Polizist sie eingehend studierte, einen Blick auf das Auto warf und ihn dann weiterwinkte. Während des Wartens warf er noch einmal einen Blick auf die Zeitung neben ihm auf dem Beifahrersitz. Der Artikel zu den Phantomzeichnungen war überschrieben: »Bewaffnete Raubüberfälle in den Vogesen«. Offenbar war die Polizei hinter der Bande her. In Epinal sah er sehr viele Polizisten vor dem Kommissariat, an den Moselufern und oberhalb davon vor der *grande préfecture*. Dort blitzten in der Ferne, zwischen Springbrunnen und Fahnenwäldern, blaue und weiße Uniformen, blaue, rote und weiße Polizeiwagen – ein ansehnliches Aufgebot. Er sah es, nahm aber keine Notiz davon. Er war gekommen, um sich wieder einmal, wie schon so oft, im *musée* von Epinal dieses grandiose Gemälde *Job visité par sa femme* anzusehen. Er parkte den Wagen und ging ins Museum.

Die Angestellte im Vorraum, die ihn schon gut kannte, grüßte ihn heiter, als er an ihr vorbeiging.

»Heute keine Schulklasse«, sagte sie. Manchmal, wenn Schulklassen oder Gruppen von Kunststudenten da waren, machte Harvey gleich wieder kehrt und versuchte erst gar nicht, sich das Bild anzusehen. Aber sehr oft waren nur zwei oder drei Besucher da. Manchmal hatte er das Museum auch ganz für sich allein; er war schon halb die Treppe hinauf, als die Angestellte ihm das von den Schulklassen sagte. Beifällig, fast bewundernd sah sie ihm nach, wie er die Treppe hinauf eilte, als ob seine langen Beine beim Erreichen des ersten Treppenabsatzes schon einen Hauch von Freude in ihren Vormittag gebracht hätten. In der zweiten Etage nickte der dunkelblau uniformierte Museumswächter, der dort, die Hände hinter dem Rücken, gemessen seine Runde machte, ihm zu wie einem alten Bekannten; dann ging er wie gewöhnlich zum anderen Ende des Saals und setzte sich geduldig auf einen Stuhl, während Harvey seinen gewohnten Platz auf einer kleinen Bank vor dem Bild einnahm.

Das Bild wurde in der ersten Hälfte des siebzehnten Jahrhunderts von Georges de La Tour gemalt, einem gebürtigen Lothringer. Es hat Ähnlichkeit mit den niederländischen Nachtstücken jener Zeit. Farben und Aufbau sind eindrucksvoll. Es ist von außergewöhnlicher Schlichtheit und wie so viele große Kunstwerke der Vergangenheit erstaunlich modern.

Job visité par sa femme: Für Harvey steckte in dem Bild viel mehr zur Erhellung des Themas Hiob als in vielen der ausgewalzten Kommentare, die er so gut kannte. Es sprach beredt von einer neuen Idee, doch woher nahm der Maler die Rechtfertigung für seinen Umgang mit dem Thema?

Hiobs Frau ist groß und hübsch und läßt einen schönen Körper unter ihrem weiten, glockenförmigen Gewand erahnen; mit langem Hals steht sie fürsorglich über Hiob gebeugt; in der Hand eine brennende Kerze. Es ist Nacht, es ist Winter; Hiobs Frau trägt eine prächtige rote Tunika über ihrem Kleid; Hiob sitzt auf einem schlichten Quaderstein. Er könnte bei einem Feuer sitzen, denn die Kerze allein kann das viele Licht nicht spenden, das auf die beiden Gestalten fällt. Hiob ist nackt bis auf einen Lendenschurz. Er hat die Hände über den Knien gefaltet. Sein Körper wirkt eingefallen, aber mehr aus Selbstmitleid denn aus Entbehrung. Neben ihm liegt die Scherbe, mit der er seine Wunden schabte. Sein Bart ist dicht. Er ist kein alter Mann. Beide sind in der Blüte ihrer Jahre, ein Paar in den Dreißigern. (Tatsächlich waren ihre jüngst verstorbenen Kinder noch nicht verheiratet.) Sein Gesicht ist zu seiner Frau emporgewandt, verletzlich, irgendeine Gunst erbittend, ein Anliegen vorbringend. Was versucht seine Frau ihm zu sagen, wie sie ihr hübsches Gesicht so über ihn beugt? Was erbittet er, der Geschlagene, so gelassen in seinem Glauben, so gewandt im Streitgespräch?

Die Szene hier wirkte auf Harvey so völlig anders als die im Buch Hiob geschilderte, und doch so entschieden und klug durchdacht, daß man unmöglich um die Frage herumkam, was der Künstler damit eigentlich meinte. Harvey starrte auf das Bild und rief sich die Verse ins Gedächtnis, die dem Bericht über Hiobs Erkrankung an Geschwüren folgten:

> Und er nahm eine Scherbe und schabte sich und saß in der Asche.
> Und seine Frau sprach zu ihm: Hältst du noch fest an deiner Frömmigkeit? Sage Gott ab und stirb!
> Er aber sprach zu ihr:
> Du redest, wie die törichten Weiber reden. Haben wir Gutes empfangen von Gott und sollten das Böse nicht auch annehmen? In diesem allen versündigte sich Hiob nicht mit seinen Lippen.

Aber was sagte sie, Hiobs Frau, auf dem ernsten, schlichten und zärtlichen Bild von Georges de La Tour zu ihm? Der Text der Dichtung ist voll Ungeduld und Zorn; da spricht sie wie vom Satan besessen. »Hältst du noch fest an deiner Frömmigkeit?« Sie scheint sich an seiner Verzweiflung zu weiden. »Sage Gott ab und stirb!« Harvey erinnerte sich, daß einer der Standardkommentatoren dazu eine ganz spezielle Interpretation anbot, etwa dahingehend: »Willst du weiter so rechtschaffen sein? Wenn du schon sterben mußt, sage Gott ab und erleichtere erst mal deine Seele. Das wird dir guttun.« Aber selbst dieser, vielleicht gutgemeinte Rat paßt nicht zu dem Bild. Natürlich hat der Maler irgendeine eigene Vorstellung idealisiert: In seinem Traum empfinden Hiob und seine Frau eine tiefe Liebe füreinander.

Ein paar Leute waren eben ins Museum gekommen; Harvey hörte unten Stimmen und dann Schritte die Treppe heraufkommen. Er betrachtete das Bild und entwickelte seine Gedanken weiter: Hier ist sie in keiner Weise die Überbringerin der Botschaft Satans. Sie kommt, um Hiob, der nur noch ein körperliches und seelisches Wrack ist, zu trösten. »Du redest, wie die törichten Weiber reden«, sagt er zu ihr, und das soll heißen, daß er sie nicht als törichtes Weib kennt und ihr nur sagen will, sie rede anders als sonst. Und er macht ihr klar:

»Haben wir Gutes empfangen von Gott und sollten das Böse nicht auch annehmen?« Dieses traute »Wir« darf man nicht übersehen, dachte Harvey; er hat nicht die Absicht, seine Frau fallenzulassen, er ist ihr in keiner Weise feindlich gesinnt, wie später seinen Freunden. Um das Gesicht von Hiobs Frau besser sehen zu können, legte Harvey den Kopf schief. Gleich als erstes war ihm aufgefallen, wie sehr sie im Profil Effie ähnelte. Sie ähnelte auch Ruth, mehr aber Effie, besonders im oberen Teil des Gesichts. O Effie, Effie, Effie.

Jetzt standen Leute hinter Harvey. Er drehte sich um und wunderte sich, vier Männer zu sehen, die zu ihm herüberblickten und nicht die anderen Bilder anschauten, wie er erwartet hatte. Sie schauten auch nicht auf das Hiob-Gemälde. Sie sahen ihn an, kamen auf ihn zu. Am Treppenabsatz erschienen zwei weitere Männer in Polizeiuniformen. Der Museumswächter schien verlegen, verwirrt. Harvey stand auf, um ihnen entgegenzusehen. Er erinnerte sich, daß er vor einer Weile unbewußt Polizeisirenen vernommen hatte. Noch immer das Hiob-Bild im Kopf und im Auge, konnte Harvey nur noch einen flüchtigen Eindruck von allem gewinnen, bevor sie schon da waren, ihn abtasteten und aufforderten, ihnen hinunter zu den wartenden Polizeiwagen zu folgen.

Später hatte Harvey zwischen den Verhören Zeit, sich die Ereignisse des Vormittags noch einmal detailliert durch den Kopf gehen zu lassen. Sich auf sein sonstiges Leben zu konzentrieren, fiel ihm schwer; alles schien sich nur noch um den Vormittag zu drehen; den Zeitpunkt, als er den Dorfladen betreten hatte; die Fahrt nach Epinal; die Gedanken, die ihm vor dem Bild *Job visité par sa femme* im Museum durch den Kopf gegangen waren; den Augenblick, als er zu dem Polizeiwagen gebracht und über die Brücke zum Kommissariat gefahren worden war, um dort vernommen zu werden.

Er beantwortete die Fragen klar und offen, sooft sie ihm gestellt wurden. Den ganzen Tag und die halbe Nacht wurde er immer wieder von neuem gefragt.

»Nein, ich habe nie von der FLE gehört.«

»*Fronde de la Libération de l'Europe.* Davon haben Sie noch nie gehört?«

»Nein, nie gehört.«

»Sie wissen nicht, daß Ihre Frau dieser Organisation angehört?«

»Davon weiß ich gar nichts.«

»Heute früh hat ein bewaffneter Raubüberfall auf einen Supermarkt bei Epinal stattgefunden. Sie haben hier auf Ihre Frau gewartet.«

»Ich lebe von meiner Frau getrennt. Ich habe sie schon fast zwei Jahre nicht mehr gesehen.«

»Dann war es Zufall, daß Sie heute morgen in Epinal waren und das Museum besucht haben, während Ihre entfremdete Frau ebenfalls in Epinal war und sich an einem Raubüberfall beteiligte?«

»Wenn meine Frau in Epinal war, dann war das Zufall.«

»Ist das Ihr britischer Humor?«

»Ich bin Kanadier.«

»Ist es auch Zufall, daß in den letzten zwei Wochen noch mehr Supermärkte und ein Juwelierladen in den Vogesen von dieser Bande ausgeraubt wurden? Gérardmer, La Bresse, Baccarat, und heute morgen Epinal.«

»Ich lese keine Zeitung.«

»Heute morgen haben Sie sich eine gekauft.«

»Ich interessiere mich nicht für lokale Verbrechen.« Wenn Effie darin verwickelt ist, dachte Harvey, dann treibt sie sich mit Sicherheit hier nur herum, um mich zu ärgern. Aber davon durfte er nichts sagen, denn es hätte zugleich bedeutet, daß Effie in der Bande zu bestimmen hatte.

»Ich kann noch immer nicht glauben, daß meine Frau damit zu tun hat«, sagte Harvey. Und das meinte er teilweise ernst.

»Zu dritt. Vielleicht zu viert. Wo stecken sie?«

»Ich weiß es nicht. Sie sollten lieber suchen.«

»Sie haben neulich das Château gekauft. Warum?«

»Warum nicht? Ich fand es praktisch.«

»Ein Jahr lang haben Sie im Cottage gewohnt?«

»Ungefähr anderthalb Jahre.«

»Wie sind Sie daran gekommen?«

»Das habe ich Ihnen schon erklärt.«

»Erklären Sie es noch einmal.«

»Ich habe das Cottage gefunden«, deklamierte Harvey, »weil ich um die Zeit gerade in den Vogesen war. Ich war einzig mit der Absicht nach Epinal gekommen, mir das Bild *Job visité par sa femme* von Georges de La Tour anzusehen. Über ein paar Freunde erfuhr ich von dem Château und daß es zu kaufen sei. Da bin ich hingefahren, um es mir anzusehen. Ich habe gesagt, ich wolle es mir noch überlegen, aber da ich gleich gesehen hatte, wie gut das Cottage für meine Zwecke geeignet war, habe ich es solange schon einmal angemietet. Der Besitzer, Claude de Remiremont, hat es mir überlassen.«

»Wieviel Miete mußten Sie dafür zahlen?«

»Keine Ahnung«, sagte Harvey. »Ziemlich wenig. So etwas erledigt mein Anwalt.«

(Diese Reichen!)

Der Beamte, der ihn verhörte, war etwa in Harveys Alter, höchstens vierzig, schwarzhaarig, blauäugig, von energischem Aussehen und groß. Chefinspektor, Sonderdezernat; nicht auf den Kopf gefallen. Sein Ton war wandlungsfähig. Mal stellte er seine Fragen mit einem deutlich herauszuhörenden Fragezeichen am Ende; dann wieder klangen sie wie Aussagesätze, wie die Feststellung einer erwiesenen Tatsache. Sie saßen sich an einem Tisch gegenüber, an dessen Ende noch ein stämmiger Polizist in Uniform saß, älter, mit rötlichem, schon spärlicher und bleicher werdendem Haar. Hin und wieder ging die Tür auf, und andere Männer in Uniform und Zivil kamen und gingen.

»Wo haben Sie Französisch gelernt?«

»Ich habe schon immer Französisch gesprochen.«

»Sie haben in der frankokanadischen Befreiungsbewegung mitgearbeitet.«

»Nein.«

»Sie glauben nicht daran?«

»Ich weiß gar nichts davon«, sagte Harvey. »Seit meinem achtzehnten Lebensjahr lebe ich nicht mehr in Kanada.«

»Sie sagen, daß die Schwester Ihrer Frau seit Oktober letzten Jahres bei Ihnen lebt?«

»Richtig.«

»Mit einem Kind?«

»Ja. Es ist das Töchterchen meiner Frau.«

»Aber davor war auch schon ein Jahr lang eine Frau mit Kind bei Ihnen im Haus.«

»Keineswegs. Das Baby ist erst im Juni letzten Jahres zur Welt gekommen.«

»Es war ein anderes Kleinkind bei Ihnen im Haus. Wir haben Beweise dafür, Monsieur Gotham, daß vor Ihrem Haus mindestens seit April vorigen Jahres ständig Babywäsche auf der Leine hing.«

»Das stimmt, aber es war kein Baby da, und eine Frau auch nicht.«

»Hören Sie, Monsieur Gotham, es ist ein simpler Terroristentrick, sich für den Fall ihrer Entdeckung vorsorglich eine Frau und ein Kind im Haus zu halten, um eine Schießerei zu verhindern. Es ist ein ziemlich mieser und gefährlicher Trick, ein Kind gewissermaßen als Kugelfang zu mißbrauchen, aber Leute dieser Art –«

»In meinem Haus war kein Baby, da war niemand außer mir«, erklärte Harvey geduldig. »Es war nur ein Scherz – eigens für meinen Schwager ausgedacht, der mich mal besucht hat. Da habe ich mir ein paar Babysachen besorgt und auf die Leine gehängt. Er dachte offensichtlich, ich lebte mit einer Frau zusammen. Danach habe ich sie nur noch ein paarmal aufgehängt. Meinem Schwager habe ich erzählt, ich hätte sie hingehängt, um mich vor Belästigungen durch hausfrauliche Hilfsangebote zu schützen. Die bekommt man ja sonst unweigerlich. So aber glauben sie eben, es sei schon eine Frau im Haus. Mag sein, daß ich exzentrisch bin. Es war jedenfalls nur Spielerei.«

»Spielerei?«

»Nun ja«, sagte Harvey und dachte rasch nach, wie er es ausdrücken könne. »Nennen Sie es meinetwegen eine surrealistische Spielerei.«

Der Inspektor sah Harvey ziemlich lange an. Dann ging er aus dem Zimmer und kam mit einem Foto in der Hand zurück. Effie im Halbporträt, mit wehendem Haar, vor drei Jahren aufgenommen.

»Ist das Ihre Frau?«

»Ja«, sagte Harvey. »Woher haben Sie dieses Foto?«

»Und die Frau, mit der Sie zusammenleben, diese Ruth, ist ihre Schwester?«

»Madame Jansen ist ihre Schwester. Woher haben Sie das Foto meiner Frau? Haben Sie in meinen Papieren gewühlt?«

Der Inspektor nahm das Foto zurück und betrachtete es. »Sie sieht ihrer Schwester ähnlich«, sagte er.

»Hatten Sie einen Haussuchungsbefehl?« fragte Harvey.

»Sie können sich sofort mit einem Anwalt in Verbindung setzen, sobald Sie unsere Fragen beantwortet haben. Sie haben doch sicher einen Anwalt in Paris? Der wird Ihnen unsere Gesetze erklären.«

»Natürlich habe ich einen französischen Anwalt«, sagte Harvey. »Aber im Moment brauche ich ihn nicht. Hinausgeworfenes Geld.«

In dem Moment durchfuhr ihn ein Gedanke: Mein Gott, werden sie womöglich Ruth mit Effie verwechseln und sie erschießen?

»Meine Schwägerin, Ruth Jansen, sieht ihrer Schwester, wie Sie sagen, sehr ähnlich. Sie sorgt für das neunmonatige

Baby. Sehen Sie sich bitte vor, daß Sie die beiden nicht verwechseln, wenn es zu einer Konfrontation kommen sollte. Sie hat das Baby oben im Château.«

»Das Baby haben wir.«

»Wie?«

»Wir kümmern uns um das Baby.«

»Wo ist es?«

Der Polizist mit dem rötlichen Gesicht sagte zum erstenmal etwas. Er hatte ein ganz menschliches Lächeln. »Ich glaube, es schnappt gerade draußen auf dem Hof frische Luft. Sehen Sie mal aus dem Fenster.«

Unten auf dem Hof, zwischen Polizeiautos und -motorrädern, spazierte ein Hüne von einem Polizisten, in Uniform, aber ohne Mütze, auf und ab – Harvey erkannte ihn als einen von denen wieder, die ihn aus dem Museum geholt hatten. Er hatte Clara auf dem Arm, die in ihr Wollzeug eingewickelt war; er schaukelte die Kleine auf den Armen, während eine junge Polizistin auf sie einredete. Noch ein dritter, jüngerer Polizist in Zivil versuchte sich ebenfalls mit ihr anzufreunden. Clara hatte ihre pummeligen Ärmchen um den Hals des Hünen gelegt und freute sich ihres Lebens, fraternisierte mit der gesamten Polizei.

»Bekommt sie auch ihre Mahlzeiten?« fragte Harvey. »Ich glaube, sie muß irgendwas Bestimmtes haben, was erst –«

»Sorgen Sie sich nicht, Madame Jansen kümmert sich um das alles. Machen wir weiter.«

»Ich möchte wissen, wo Ruth Jansen ist«, sagte Harvey.

»Sie ist unten und beantwortet ein paar Fragen. Je eher wir hier weitermachen, desto früher können Sie zu ihr. Warum haben Sie Ihrem Schwager Edward Jansen die Babysachen mit den Worten erklärt: ›Die Polizei schießt nicht so schnell, wenn ein Baby im Haus ist‹?«

»Habe ich das gesagt?« fragte Harvey.

»Madame Jansen hat es zugegeben«, sagte der Inspektor. Zugegeben. Was hatte Edward zu Ruth gesagt, was erzählte Ruth denen da unten? Aber »zugegeben« war nicht dasselbe wie »ausgesagt«.

»Wahrscheinlich haben Sie ihr das in den Mund gelegt«, sagte Harvey. Dieser alte Polizeitrick: Stimmt es, daß er gesagt hat: ›Die Polizei schießt nicht so schnell…‹?

»Haben Sie nun diesen Satz gesagt oder nicht, als Monsieur Jansen Sie vorigen April besuchen kam?«

»Wenn, dann war es ein Scherz.«

»Ein surrealistischer?«

»Wenn Sie so wollen.«

»Sie sind ein vermögender Mann?«

»O ja.«

»Jemand finanziert die FLE«, sagte der Inspektor.

»Aber nicht ich.«

»Warum wohnen Sie in dieser Bude?«

»Es spielt für mich keine Rolle, wo ich arbeite. Das habe ich Ihnen schon gesagt. Ich will nur meine Ruhe. Ich treibe Studien.«

»Forschungen«, meinte der Inspektor verträumt.

»Nein, nur Studien. Ich kann es mir erlauben, etwas zu studieren, ohne daß etwas dabei herauskommt.«

Der Inspektor hob die Schultern und tauschte einen Blick mit dem rothaarigen Polizisten. Dann sagte er: »Studieren… Forschen… Warum haben Sie das Château gekauft?«

»Weil es praktisch für mich war, es zu kaufen. Madame Jansen wollte gern für sich und das Baby ein eigenes Dach über dem Kopf haben.«

»Es ist nicht Ihr Kind.«

Jetzt war es an Harvey, mit den Achseln zu zucken. »Es ist das Kind meiner Frau. Für mich spielt es keine Rolle, wer der Vater ist.«

»Die Ähnlichkeit zwischen Ihrer Frau und deren Schwester könnte auch sehr praktisch sein«, meinte der Inspektor.

»Für mich sind die beiden sehr verschieden. Die Ähnlichkeit ist oberflächlich. Und was meinen Sie mit ›praktisch‹?«

Harvey, der nicht genau wußte, worauf der Mann hinauswollte, nahm an, daß er meinte, es würde einen Partnertausch erleichtern, wenn die beiden Schwestern gewissermaßen austauschbar seien. »Sie sind sehr verschieden«, sagte er.

»Es wäre praktisch«, fuhr der Inspektor fort, »wenn zwei Frauen, die einander ähneln, sich in ein und derselben kriminellen Vereinigung engagierten. Wohlgemerkt, das ist nur eine Hypothese. Aber da könnte die eine immer der anderen ein Alibi geben; es wäre nicht das erste Mal...«

»Meine Papiere sind in Ordnung«, sagte Harvey jetzt aus einem auch für ihn nicht ganz ersichtlichen Grund.

Der Inspektor blieb höflich. »Sie unterstützen Ihre Frau natürlich finanziell.«

»Ich habe ihr kein Geld gegeben, seit ich sie verlassen habe. Aber selbst dann würde es nicht bedeuten, daß ich eine Terroristenorganisation finanziere.«

»Sie wissen also, daß Ihre Frau in der FLE aktiv ist, und haben sich deshalb geweigert, ihr Geld zu geben.«

»Ich habe heute zum erstenmal von der FLE gehört. Und ich weiß schon gar nichts davon, daß meine Frau Mitglied dieser Gruppe sein soll.«

»Und Sie geben Ihrer Frau kein Geld«, sagte der Polizist.

»Keines.«

»Sie wußten, daß sie in Triest verhaftet wurde.«

»Das habe ich erst neulich erfahren. Niemand hat mir etwas davon gesagt.«

»Niemand hat Ihnen etwas davon gesagt«, stellte der Inspektor fest.

»Stimmt. Niemand hat es mir gesagt. Sehen Sie, ich treibe Studien. Ich habe dafür gesorgt, daß mich niemand stört, und das tut eben auch keiner; im Grunde übertreiben sie es sogar damit. Ich finde, das hätte mir schon jemand sagen sollen. Obwohl es natürlich auch nichts geändert hätte.«

»Ihre Frau weiß, wo Sie leben?«

»Ja.«

»Sie haben ihr geschrieben?«

»Nein. Ich habe sie vor zwei Jahren verlassen. Sie hat schließlich herausbekommen, wo ich lebe.«

»Wie hat sie das herausbekommen?«

»Sie wird es irgend jemandem entlockt haben. Sie ist eine intelligente Frau. Ich bezweifle, daß sie etwas mit einer Terroristengruppe zu tun hat.«

»Sie müssen irgendeinen Grund gehabt haben, sie sitzenzulassen. Warum sind Sie so darauf bedacht, sie in Schutz zu nehmen?«

»Ich versuche nur offen und ehrlich Ihre Fragen zu beantworten.«

»Wir wissen, daß sie eine Aktivistin der FLE ist.«

»Gut, und was haben diese Leute verbrochen?«

»Bewaffnete Raubüberfälle und Aufrührereien an verschiedenen Orten. Seit einigen Wochen sind sie in den Vogesen aktiv. Wo haben sie ihr Hauptquartier?«

»Nicht in meinem Haus. Und wenn meine Frau in diese Aktivitäten verwickelt sein sollte – was ich nicht zugebe –, könnte es dann nicht sein, daß sie entführt und gezwungen wurde, in dieser FLE mitzumachen? Das ist ja auch schon vorgekommen. Der Fall Hearst in den USA...«

»Haben Sie Grund zur Annahme, daß sie entführt wurde?«

»Das weiß ich nicht. Ich habe keine Ahnung. Ist jemand durch diese Gruppe getötet oder verletzt worden?«

»Verletzt? Die Leute sind bewaffnet. Sie haben viel Geld erbeutet, zwölf Menschen verletzt, Sachschäden in Millionenhöhe angerichtet. Sie sind gefährlich. Drei Männer und eine Frau. Ihre Frau. Wer sind die andern?«

»Woher soll ich das wissen? Ich habe noch nie etwas von dieser –«

»Niemand sagt Ihnen etwas.«

»Stimmt.«

»Es ist Zeit zum Mittagessen«, sagte der Inspektor mit Blick auf die Uhr; und im Aufstehen meinte er: »Können Sie erklären, warum Nathan Fox letzte Nacht aus dem Château verschwunden ist?«

»Nathan Fox? Verschwunden?«

»Niemand hat Ihnen etwas gesagt?«

»Nein. Ich habe heute früh um neun mein Cottage verlassen.«

»Wo ist Nathan Fox?« fragte der Inspektor, weiter im Stehen.

»Ich habe keine Ahnung. Er kann doch kommen und gehen... ich weiß es wirklich nicht.«

»Dann denken Sie noch einmal nach.« Der Inspektor verließ das Zimmer.

Harveys Cottage lag im Dunkeln, als er um vier Uhr morgens zurückkam. Er war versucht, hineinzugehen und nachzusehen, was aus seinen Papieren geworden war, seinen Unterlagen; waren sie behutsam damit umgegangen, oder hatten sie das Unterste nach oben gekehrt? Später fand er alles mehr oder weniger intakt, fast ohne Spuren einer Durchsuchung; er hatte den Verdacht gehabt, daß mindestens die Hälfte der Zeit, die man ihn zum Verhör dabehalten hatte, einzig dazu gedient hatte, der Polizei Zeit und Muße zur Durchsuchung des Cottage und des Châteaus zu geben; es hatte ihnen ja viel gebracht.

An diesem frühen Morgen hielt er nicht beim Cottage an, sondern fuhr gleich weiter zum Château hinauf. In der Biegung der Zufahrt parkte ein Polizeiauto. Harvey hupte im Vorbeifahren zweimal kurz und leise. Eine freundliche Geste. Auf der Veranda war das Licht an. Er schloß die Tür auf. Ruth kam im Morgenmantel aus dem Wohnzimmer; sie hatte auf dem Sofa geschlafen und auf ihn gewartet. »Um halb sieben haben sie uns wieder zurückgebracht«, sagte sie. Sie kam auf ihn zu, nahm ihn in die Arme und gab ihm einen Kuß. »Wie geht's dir?« fragten beide gleichzeitig. Clara schlief in ihrer Tragetasche.

Das erste, was ihm auffiel, waren die Farben im Zimmer. Daran war nichts Neues, aber nach Stunden um Stunden in den grauen, unpersönlichen Dienstzimmern der Polizei sprachen das Blau von Ruths Morgenmantel, das geblümte gelbe Sofa, die grünen Zweige in der Vase, die leuchtendrote Schottendecke über Claras Wiege seine Sinne besonders stark an. Er lächelte, lachte fast.

»Willst du zu Bett gehen? Bist du nicht müde?« fragte Ruth.

»Nein, ich bin putzmunter.«

»Ich auch.«

Sie schenkten sich einen Whisky-Soda ein. »Ich habe ihnen schlicht die Wahrheit gesagt«, sagte Ruth. Auf einmal war ihr doch nicht mehr nach Whisky, und sie nahm sich einen Orangensaft.

»Ich auch. Was hätte man sonst schon sagen sollen?«

»Ja, ich weiß, daß du ihnen alles gesagt hast«, sagte Ruth, »das konnte ich aus ihren Fragen schließen.«

Harvey zitierte: »›Die Polizei schießt nicht so schnell, wenn ein Baby im Haus ist.‹«

»Ja, warum mußtest du das unbedingt zur Sprache bringen?« fragte Ruth. »War das nötig? Die sind doch so schon mißtrauisch genug –«

»Ich habe das nicht zur Sprache gebracht.«

»Also, ich auch nicht«, sagte Ruth. »Der Inspektor hat mich gefragt, ob es stimmt, daß du diese Bemerkung gemacht hast. Ich habe gesagt, ich glaube ja. Edward hatte es mir natürlich erzählt –«

»Die sind ganz gerissen«, sagte Harvey. »Wie haben sie dich behandelt?«

»Sehr entgegenkommend. Sie waren sehr nachsichtig mit meinem Au-pair-Französisch.«

»Wie viele?«

»Zwei in Zivil und eine entzückende Polizistin. Hast du die gesehen?« fragte Ruth.

»Eine habe ich gesehen, aus dem Fenster, wie sie mit Clara spielte.«

»Sie waren ganz reizend zu Clara.«

Harvey war von drei Mann verhört worden, nacheinander, und am Spätnachmittag hatten sie mit dem ersten wieder angefangen. Ruth und Harvey beschrieben und identifizierten ihre jeweiligen Polizisten und verglichen in euphorischer Stimmung ihre jeweiligen Tageserlebnisse miteinander, ihre Fragen und Antworten. Schließlich meinte Ruth: »Glaubst du wirklich, daß Effie da mit drinsteckt?«

»Bis über die Ohren«, sagte Harvey.

»Kannst du es ihnen verübeln, daß sie uns verdächtigen?«

»Nein. Ich glaube sogar, daß Effie sich diese Gegend eigens ausgesucht hat, um mich in Verlegenheit zu bringen.«

»Das glaube ich auch.«

Er setzte sich neben sie aufs Sofa, ganz entspannt, den Arm um sie gelegt. Sie sagte: »Weißt du, ich habe mehr Angst vor Effie als vor der Polizei.«

»Hast du ihnen das gesagt?«

»Nein.«

»Waren sie hier und haben sich im Château umgesehen, während du auf dem Revier warst?«

»Ich glaube nicht, denn als sie mich zurückbrachten, haben sie gefragt, ob sie sich mal umschauen dürften. Natürlich dürften sie, habe ich gesagt. Sie sind dann überall herumgegangen, auf die Mansarden, in den Keller und in beide Türme. Ich war, ehrlich gesagt, ziemlich erleichtert, daß sie nichts gefunden haben, beziehungsweise niemanden. In diesem Haus könnte man sich nämlich leicht verstecken.«

»Hast du ihnen gesagt, daß du erleichtert warst?«

»Nein.«

»Nun erzähl mir mal von Nathan.«

»Das ist eine lange Geschichte«, sagte Ruth. »Er ist in Effie verliebt. Er würde alles tun, was sie von ihm verlangt.« Ihre Stimme hatte sich zu einem Flüstern gesenkt.

Harvey fragte: »Aber wann hast du erfahren –«, er unterbrach sich. »Mein Gott«, sagte er, »jetzt fange ich auch schon an, dich zu verhören. Dabei hast du sicher die Nase voll.«

»Ziemlich.«

Er war es, der die Idee hatte, Frühstück zu machen, und brachte es auf einem Tablett herein. »Ich hatte zum Abendessen nur eine mickrige Pizza«, erklärte er.

Sie sagte: »Nathan scheint vorige Nacht hier weggegangen zu sein. Geschlafen hat er hier jedenfalls nicht mehr. Als ich heute morgen vom Cottage heraufkam, war er nicht hier. Sein Bett war unberührt.«

»Hat Anne-Marie ihn gesehen?« Anne-Marie war eine Frau aus dem Dorf, die in den letzten beiden Wochen täglich heraufgekommen war, um im Haushalt zu helfen.

»Nein, er war nicht hier, als sie um acht kam. Er hat nichts Besonderes mitgenommen, soweit ich sehen konnte. Aber gestern hatte er einen Anruf. Er sagte, aus London. Ich habe mich da noch über ihn geärgert, weil ich ihn doch gebeten hatte, niemandem die Nummer zu geben.«

Der Telefonanschluß des Châteaus lief über eine Fernvermittlung. »Man könnte leicht feststellen, ob der Anruf aus London kam«, sagte Harvey.

»Die Polizei sagt, es sei kein Anruf aus London gekommen«, sagte Ruth.

»Dann muß es ein Inlandsgespräch gewesen sein. Er könnte Verbindung mit Effie gehabt haben.«

»Genau«, sagte sie.

»Wieviel hast du ihnen über Nathan erzählt?«

»Alles, was ich wußte.«

»Ganz richtig.«

»Und noch etwas«, sagte Ruth, »ich habe ihnen gesagt –«

»Lassen wir das, und gehen wir zu Bett.«

Gerade in dem Moment wachte Clara auf. Sie drückten ihr ein Stückchen Toastbrot in die Hand, woran sie mächtig Spaß zu haben schien.

Es war Viertel nach neun, als das Telefon klingelte. Diesmal war der Anruf aus London. Gleichzeitig läutete es an der Haustür. Harvey hatte geträumt, sein Vernehmungsbeamter sei eine jener elektrischen Schreibmaschinen, bei denen man mit einem kleinen Handgriff die Schriftart ändern kann; seine Stimme änderte sich wie die Schriftart und war in Wirklichkeit immer ein und dieselbe, mal Pica, mal Elite, mal Kursiv. Schließlich klingelten ihn die Glöckchen an der Schreibmaschine aus dem Schlaf, so daß er das Telefon und die Hausglocke hörte. Er sah aus dem Fenster, während Ruth ans Telefon ging. Reporter, mindestens acht an der Zahl, zum Teil mit Fotoapparaten, zum Teil mit aufgespannten Regenschirmen oder über die Köpfe gezogenen Regenmänteln, um sich vor dem strömenden Regen zu schützen. Die Zufahrt herauf kam soeben ein Übertragungswagen des Fernsehens. Von hinten rief Ruth durch die Schlafzimmertür: »Harvey, ein dringender Anruf für dich, aus London.«

»Zieh dich an«, sagte Harvey. »Mach nicht die Tür auf. Das da draußen sind Reporter. Laß sie wenigstens noch eine Weile im Regen stehen.«

Clara begann zu schreien. Die Hausglocke bimmelte und bimmelte, und auf der anderen Seite des Châteaus begann jetzt jemand gegen eine andere Tür zu hämmern.

Am Telefon war Stewart Cowper aus London.

»Was ist denn bei euch los?« fragte Stewart.

Harvey dachte, er meine den Lärm.

»Es hat hier ein bißchen Rummel gegeben. Vor den Türen stehen Reporter, und das Baby schreit.«

»In sämtlichen Zeitungen Großbritanniens sind dicke Schlagzeilen. Kommst du nach England zurück?«

»Im Augenblick nicht«, sagte Harvey. »Bei Ruth und dem Baby weiß ich es nicht. Wir haben noch nicht darüber gesprochen. Was sind das für Schlagzeilen?«

»Schlagzeilen und Berichte, Harvey. Bleib mal dran, dann lese ich dir ein paar vor:

Religiöse Sekte eines Millionärs möglicherweise an französischem Terrorismus beteiligt. Frau eines englischen Schauspielers verwickelt...

Und hier noch eine:

Playboy Harvey Gotham, 35, mit dem Vermögen von Gotham's Canadian Salmon im Rücken, das seine Onkel in den Jahren vor und während des zweiten Weltkriegs gemacht haben, wurde von den *gendarmes d'enquêtes* der Vogesen im Zusammenhang mit Überfällen und Bombenanschlägen auf französische Supermärkte und Postämter verhört. Man nimmt an, daß seine Frau, Mrs. Effie Gotham, 25, ein führendes Mitglied der FLE ist, einer linksextremistischen Terrororganisation. Mr. Gotham, der sich kürzlich in dieser Gegend ein Anwesen gekauft hat, bestreitet, die Gruppe in irgendeiner Weise finanziert oder mit seiner von ihm getrennt lebenden Frau Verbindung gehabt zu haben. Eigenen Angaben zufolge ist er mit religiösen Studien beschäftigt. Zum Kreis seiner Anhänger gehören seine Schwägerin Ruth, 28, die Schwester der mutmaßlichen Terroristin, und Nathan Fox, 25, der am Vorabend des jüngsten bewaffneten Raubüberfalls in Epinal, der Hauptstadt der Vogesen, verschwunden ist.

Es ist noch einiges mehr da«, sagte Stewart. »Wenn du nicht nach England zurückkommst, komme ich am besten nach Frankreich. Hast du dich schon mit Martin Deschamps in Verbindung gesetzt?«

»Mein Gott, wer ist denn das schon wieder?«

»Dein Pariser Anwalt.«

»Ach, der. Nein, ich brauche keine Anwälte. Ich bin ja kein Verbrecher. Hör mal, ich muß diese Reporter loswerden. Übrigens«, fuhr Harvey fort, teils der Polizei zuliebe, die mit Sicherheit das Telefon abhörte, und teils, weil ihm daran lag,

»ich muß dir noch sagen, je öfter ich mir La Tours *Hiob* ansehe, desto beeindruckter bin ich von der Schlichtheit, dem Fehlen jeglicher Sentimentalität vor allem. Es ist ein großartiges –«

»Mach dir nicht die Presse zum Feind«, rief Stewart.

»Ach was, ich habe gar nicht die Absicht, mit denen zu reden. Ruth und ich haben kaum geschlafen.«

»Gib ihnen einen Termin für eine Pressekonferenz, am Spätnachmittag, sagen wir um fünf«, sagte Stewart. »Ich schicke dir Deschamps.«

»Nicht nötig«, sagte Harvey und legte auf.

Dennoch konnte er die durchnäßten Presseleute draußen, mit denen er aus einem Fenster im ersten Stock sprach, besänftigen, indem er ihnen für fünf Uhr nachmittags eine Pressekonferenz versprach. Sie gingen nicht alle weg, aber sie hämmerten wenigstens nicht mehr an die Türen.

Dann kam zu Ruths Verblüffung ihre frisch eingestellte Haushaltshilfe, Anne-Marie, mit einer Tasche voller Proviant. Sie war erst ihre zweite Woche hier. Sie hielt sich die Reporter, die sie mit Fragen bestürmten, vom Leib, indem sie ihnen Vorhaltungen machte, daß sie das Baby im Schlaf störten, und sich energisch ihren Weg zwischen ihnen hindurch bahnte. Hinter der Haustür stand schon Harvey bereit, um ihr schnell zu öffnen und nur sie und sonst niemanden einzulassen.

»Die Polizei«, sagte Anne-Marie, »war gestern nachmittag stundenlang bei mir zu Hause. Fragen über Fragen.« Aber sie schien es mit erstaunlichem Humor zu tragen.

Siebtes Kapitel

Ein langes Klingeln an der Haustür. Draußen wartete im strömenden Regen ein Polizeiauto. Aus dem Fenster im ersten Stock sah Harvey den Beamten, der ihn vor nicht einmal zwölf Stunden im Kommissariat von Epinal noch verhört hatte.

»Aha«, rief Harvey aus dem Fenster. »Sie haben mir schon sehr gefehlt.«

»Hören Sie mal«, sagte der Mann, »mir macht das schließlich auch keinen Spaß. Nur noch ein paar kurze Fragen zur Klärung –«

»Ich mache Ihnen die Tür auf.«

Der Beamte warf im Vorbeigehen einen Blick durch die offene Tür ins Wohnzimmer. Harvey führte ihn in ein kleines Zimmer im hinteren Teil dieses Flügels. In dem Zimmer befanden sich ein Schreibtisch und ein paar Stühle; es war noch nicht weiter möbliert oder renoviert und weniger modern und neu als das Polizeikommissariat in Epinal, aber es kam ihm sehr nah.

»Sie haben keinen Hinweis und absolut keine Ahnung, wo Ihre Frau ist?«

»Nein. Was vermuten Sie denn selbst, wo sie sein könnte?«

»Irgendwo draußen in den Wäldern versteckt. Oder nach Deutschland übergewechselt. Oder in Paris untergetaucht. Die Leute haben schließlich eine Organisation«, sagte der Inspektor.

»Im Wald würde sie naß«, sagte Harvey, indem er in den strömenden Regen vor dem Fenster sah.

»Ist sie eine kräftige Frau? Irgendwelche Probleme mit der Gesundheit?«

»Sie ist schlank, sogar eher zart. Um ihre Gesundheit steht es gut, soviel ich weiß«, sagte Harvey.

»Wenn Sie Kontakt mit Ihnen aufnimmt, wäre es sehr entgegenkommend von Ihnen, sie hierher einzuladen. Dasselbe gilt für Nathan Fox.«

»Ich will meine Frau aber nicht hier im Haus haben. Ich will ihr auch nicht entgegenkommen. Und Nathan Fox kann ich nicht brauchen«, sagte Harvey.

»Wenn sich die Lage beruhigt, könnte sie versuchen, Kontakt mit Ihnen aufzunehmen. Sie könnten *uns* entgegenkommen und ihr eine Zuflucht anbieten.«

»Ich hätte gedacht, Sie haben das Haus umstellt.«

»Haben wir auch. Und es wird umstellt bleiben. Bedenken Sie, daß die Leute schwer bewaffnet sind, und zwar mit modernsten Waffen. Sie könnten auf die Idee kommen, Sie zu Geiseln zu nehmen, Sie und das Baby. Natürlich würden sie ergriffen, bevor sie auch nur in Ihre Nähe kämen. Aber Sie könnten uns durch eine solche Einladung dabei helfen.«

»Es sind alles nur Mutmaßungen«, sagte Harvey. »Ich bin weder überzeugt, daß diese Terroristin meine Frau ist, noch daß meine Frau eine Terroristin ist. Was Nathan Fox betrifft, so ist er für mich ein Buch mit sieben Siegeln, aber ich könnte mir vorstellen, daß er die Aufmerksamkeit nicht auf sich lenken würde, indem er verschwindet und sich einer bewaffneten Bande anschließt, wenn diese gerade in Aktion ist.«

»Wenn Ihre Frau so faszinierend ist –«

»Ich hoffe«, sagte Harvey, »Sie werden besondere Vorkehrungen zum Schutz des Babys treffen.«

»Sie geben zu, daß dem Baby Gefahr drohen könnte?«

»Wenn sich eine bewaffnete Bande in der Gegend herumtreibt, ist jedes Baby in Gefahr.«

»Aber Sie geben zu, daß für Ihre Frau ihr eigenes Kind von besonderem Interesse sein könnte.«

»Bisher hat sie keinerlei Interesse an dem Kind gezeigt.«

»Warum raten Sie uns dann zu besonderen Vorkehrungen zum Schutz des Kindes?«

»Ich hoffe jedenfalls, daß Sie solche Vorkehrungen getroffen haben«, sagte Harvey.

»Wir haben Haus und Grundstück umstellt.«

»Das Kind«, sagte Harvey, »muß nach England zurückgeschickt werden. Meine Schwägerin wird es hinbringen.«

»Eine gute Idee. Wir können es arrangieren, daß sie in aller Stille abreisen, unter jedem denkbaren Schutz. Aber für Sie wäre es ratsam, diesen Schritt so geheim wie möglich zu halten. Ich meine jetzt die Presse. Wir wollen nicht, daß diese Bande über jeden unserer Schritte informiert wird. Ich rate Ihnen, sich zu überlegen, was Sie der Presse sagen. Das Untersuchungsgericht –«

»Die Presse! Die haben doch schon –«

Der Mann machte eine hilflose Geste. »Das war nicht meine Schuld. Solche Dinge sickern durch. Schließlich geht es hier um Fragen nationalen Interesses. Aber kein Wort über Ihre Pläne, das Kind fortzuschicken.«

»Das Hausmädchen wird Bescheid wissen. Die reden ja –«

»Anne-Marie ist eine von uns«, sagte der Inspektor.

»Was Sie nicht sagen! Dabei mochten wir sie doch eigentlich –«

»Sie bleibt dann auch besser bei Ihnen. Und hängen Sie weiter Babywäsche vors Haus, wie Sie das so gern tun. Ich komme demnächst vielleicht noch mal vorbei.«

»Nur keine Förmlichkeiten, bitte.«

»Wie kann es angehen«, fragte Ruth, »daß die Polizei meint, die Bande könnte hier aufkreuzen, nachdem die Geschichte doch jetzt in allen Zeitungen ist, und im Radio und im Fernsehen? Hierher würde sie zuallerletzt kommen. Clara ist hier sicherer als sonstwo. Wie können die annehmen –«

»Die Polizei nimmt es nicht an. Sie tut nur so.«

»Warum?«

»Woher soll ich das wissen? Sie halten mich für verdächtig. Darum wollen sie das Kind aus Frankreich haben. Vielleicht hat es etwas mit ihrem Ansehen in der Öffentlichkeit zu tun.«

»Ich will nicht fort«, sagte Ruth.

»Ich möchte ja auch nicht, daß du fortgehst«, sagte Harvey, »aber ich halte es für besser. Es ist ja nur für kurz. Ich glaube, du mußt.«

»Dürftest du eigentlich mitkommen? Laß uns doch zusammen fortgehen, Harvey.«

»Auf dem Papier kann ich gehen, wohin ich will. In Wirklichkeit könnten sie mich aber festhalten. Die Wahrheit ist, daß ich jetzt in diesem Moment gar nicht fort will. Reine Sturheit.«

»Ich kann ebenfalls störrisch sein«, sagte Ruth; doch sie sprach mit einer Unsicherheit, der man entnehmen konnte, daß sie schon nachgab. »Aber andererseits«, fuhr sie fort, »hast du mich unsprünglich ja wohl gar nicht gebeten, herzukommen.«

Harvey dachte: Ich liebe sie nicht, ich bin nicht im mindesten in sie verliebt. Die meiste Zeit kann ich sie nicht einmal besonders gut leiden.

Anne-Marie hatte eine Suppe auf den Tisch gestellt. Harvey und Ruth schwiegen in ihrer Gegenwart, nun, da sie keine Haushälterin mehr war, sondern eine Polizistin. Als sie fort war, sagte Ruth: »Ich weiß nicht, ob ich das bei mir behalten kann. Ich bin schwanger.«

»Wie ist denn das passiert?« fragte Harvey.

»Wie es immer passiert.«

»Seit wann weißt du es?«

»Seit drei Wochen.«

»Keiner sagt mir etwas«, sagte Harvey.

»Du willst ja auch gar nichts wissen.«

Hatte Ruth die Pille abgesetzt? War es sein Kind, oder Nathans? Seinen ersten Gedanken erriet sie nicht, wohl aber den zweiten. »Ich habe nicht mit Nathan geschlafen, überhaupt noch nie«, sagte sie. »Seine Gedanken sind bei Effie – das ist übrigens etwas, was ich der Polizei nicht gesagt habe.«

»Iß ein Stück Brot zur Suppe, dann behältst du sie besser unten.«

»Weißt du, ich möchte lieber doch nicht nach England zurück. Wo Edward doch jetzt so erstaunlichen Erfolg hat –«

»Was für Erfolg?«

»Er hat im West End ungeheuren Erfolg. Dieses Stück –«

»So, und wie lange weißt du das schon?«

»Seit drei Wochen. Es stand in der Zeitung, und er hat es mir geschrieben –«

»Keiner sagt mir etwas.«

»Ich finde es merkwürdig, daß Edward uns heute noch nicht angerufen hat. Er muß doch die Zeitung gelesen haben«, sagte Ruth. »Vielleicht hat er Angst. Der Skandal.«

»Wohin möchtest du denn?« fragte Harvey.

»Hast du in Kanada jemanden, zu dem ich mit Clara hinkönnte?«

»Ich habe eine Tante und einen Onkel in Toronto. Sie sind verheiratet, leben aber jeder für sich in einem Haus. Du könntest zu ihr oder zu ihm gehen. Ich rufe mal an.«

»Ich gehe zu dem Onkel«, sagte Ruth. Sie setzte ein fröhliches Lächeln auf, aber zugleich weinte sie.

»Es besteht gar kein Anlaß zum Kummer«, sagte Harvey.

»Doch. Wegen Effie. Und Edward.«

»Was ist mit Edward?«

»Er ist ein Miststück. Er hätte sich mal erkundigen können, wie es mir geht. Seit ich hier bin, schreibt er immerzu, und jeden Tag ruft er an, seit wir Telefon haben. Bis jetzt.«

Anne-Marie kam mit einem herrlichen Salat und einem Brett Käse.

»Soll ich Madame nach dem Essen packen helfen?« fragte sie.

»Woher weiß sie, daß ich wegfahre?« fragte Ruth, nachdem sie wieder draußen war.

»Jemand wird es ihr gesagt haben«, sagte Harvey. »Hier weiß ja jeder alles, außer mir.«

Ruth war im Schlafzimmer und packte, und Harvey rückte Möbel dahin und dorthin, um zwischen der Stelle, wo er sitzen wollte, wenn er die Reporter empfing, und dem Teil des Zimmers, der für sie reserviert war, Platz zu schaffen. Ruth hat in den letzten Wochen viel geweint, dachte er dabei. Geweint und gelacht. Ich habe es bemerkt und doch nicht bemerkt. Ob sie beim Verhör wohl auch geweint hat, und gelacht? Jedenfalls hat nicht dieses völlig unvorhergesehene Ereignis sie zum Weinen und Lachen gebracht, es hat früher angefangen. Hat sie der Polizei gesagt, daß sie schwanger ist? Wahrscheinlich ja. Vielleicht ist ihnen deshalb daran gelegen, sie loszuwerden. Ist sie wirklich schwanger? Harvey schüttelte ein paar Kissen auf. Gelbe Chintzkissen; sehr viel Gelb; zumindest hatten die Chintzkissen eine gelbe Grundfarbe, so daß man Gelb sah, wenn man ins Zimmer kam. Neuer Chintz: bitte sehr, neuen Chintz bestellen. Gardinen, Kissen, Gemütlichkeit. Gut, bestell sie, laß die Rechnung meinem Anwalt schicken. Du sagst, du brauchst ein Château? Gut, du sollst das Château haben, meine Anwälte werden es richten. Harvey stieß einen Sessel aus dem Weg. Leise glitt er auf seinen Rollen davon. Ruth liebt das Baby, dachte er. Clara ist ihr ein und alles. Wessen nicht? Aber Clara gehört mir, das heißt, sie gehört meiner Frau, Effie. Nein, Clara gehört Ruth und braucht Ruth. Also heißt es: lebe wohl, Clara, lebe wohl. Er sah auf die Uhr. Zeit für den Anruf nach Toronto, dort ist es jetzt zehn Uhr morgens. Die Geschichte vom Playboy Harvey Gotham und seinen terroristischen Verbindungen ist sicher schon durch die kanadische Presse, durch Radio und Fernsehen gegangen.

Anne-Marie war eingetreten – kurzes, schimmerndes schwarzes Haar, schimmernde schwarze Augen, offenes Gesicht. Sie hatte eine schmale Taille und breite Hüften. In der Hand hatte sie ein Transistorradio, aus dem Rockmusik kam, aber zu leise, um Anlaß zur Klage zu geben.

»Wissen Sie, wie man ein Ferngespräch nach Toronto bekommt?« fragte Harvey.

»Natürlich«, sagte die Polizistin.

Sie sieht nicht aus wie eine Polizeibeamtin, dachte er, als er ihr die Telefonnummer gab; sie sieht aus wie ein Hausmädchen. Etwas für Tisch und Bett. Sie ist verheiratet, ist irgend jemandes Frau. Jede Frau, mit der ich zu tun habe, ist irgend jemandes Frau. Ruth, Hiobs Frau, und Effie, die noch immer meine Frau ist und in Supermärkten herumballert. Zwölf Menschen verletzt, und Millionen Franc an Beute und Sachschäden. Wenn die Polizei die Bande nicht bald erwischt, wird es Tote geben; Hausfrauen, Polizisten, Kinder ermordet. Bin ich verantwortlich für die Sünden meiner Frau? Ihre Verletzten, ihre Toten?

Anne-Marie hatte das Transistorgerät liegenlassen, während sie ans Telefon ging; die Musik war unterbrochen worden, und das leise Gemurmel einer Ansage zog Harveys Aufmerksamkeit auf sich; er hörte die Schlagworte: Terrororganisation... Justizirrtümer...; er drehte lauter. Es war eine Verlautbarung der FLE, die sie einer Pariser Nachrichtenagentur geschickt hatte, um darin ihre jüngsten Unternehmungen zu rechtfertigen. Die Bande wollte Europa von seinen Übeln befreien. »Übel der Gesellschaft, Übel des Systems.« Befreien vor allem von der teuflischen Institution der *gendarmerie* und der Brutalität der *Brigade Criminelle.* Es klang wie alle Terroristenverlautbarungen, die Harvey je gelesen hatte. »Die Multis und die reaktionären imperialistischen Mächte...« Wie ein Wecker, der den Schläfer nicht mehr weckt, weil der ihn, nachdem er ihn Morgen für Morgen gehört hat, einfach ausschaltet, ohne auch nur die Augen zu öffnen.

Der Verlautbarung folgte die Meldung, daß fünfzig Inspektoren der *Brigade Criminelle* sich jetzt mit den Aktivitäten der FLE in den Vogesen befaßten, wo man noch immer den Unterschlupf der Terroristen vermutete. Schluß der Meldung; weiter mit Musik.

»Ihr Gespräch nach Toronto«, sagte Anne-Marie.

Ruth würde nach Paris fahren und morgen früh mit Clara

nach Kanada abfliegen. Ein Volvo fuhr vor. Als Harvey sein Gespräch beendet hatte, sah er zwei fertig gepackte Koffer in der Diele stehen. Diese Leute arbeiteten schnell. »Nicht so hastig«, sagte Harvey zu Anne-Marie. »Der Vater des Kindes ist womöglich nicht damit einverstanden, daß es nach Kanada fliegt. Wir brauchen sein Einverständnis.«

»Wir haben sein Einverständnis. Mr. Howe wird Sie heute abend anrufen. Er hat sein Einverständnis bei Scotland Yard erklärt.«

»Die Presseleute können jeden Moment kommen«, sagte Harvey. »Dann sehen sie Madame und das Kind wegfahren.«

»Nein, die Polizei hat die Straße gesperrt. Madame und das Kind verlassen das Haus sowieso durch die Hintertür.« Sie ging nach draußen und gab dem Fahrer des Volvo ein paar Anweisungen, worauf er ums Haus herumfuhr. Anne-Marie nahm einen der Koffer und bedeutete Harvey, den anderen zu nehmen. Er war mit den Korridoren des Châteaus nicht vertraut und folgte ihr durch ein Labyrinth von grauen Küchen und Wirtschaftsräumen, die noch nicht renoviert waren. An der Tür zu einer großen, ungepflegten Wildnis, die einmal der Küchengarten gewesen sein mußte, wartete Ruth, in ihren Schaffellmantel gehüllt, Clara auf den Armen wiegend, und weinte.

»Muß es Toronto sein?« fragte sie.

»Aber ja, du wirst dort abgeholt. Hast du das Geld bei dir?« Harvey hatte ihr, lange bevor das Ganze anfing, das Bargeld anvertraut.

»Das meiste habe ich eingesteckt.«

»Wenn du erst bei meinem Onkel Joe bist, wird es dir gutgehen.«

»Als was hast du mich angemeldet?« fragte sie.

»Als meine Schwägerin.«

»Und Clara?«

»Als deine Nichte. Ernie Howe hat sein Einverständnis gegeben –«

»Das weiß ich. Ich habe ja selbst mit ihm gesprochen.«

»Keiner sagt mir etwas«, sagte Harvey.

»Wird dein Onkel Joe mir gefallen?«

»Hoffentlich. Wenn nicht, kannst du ja immer noch zu Tante Pet gehen.«

»Wovon ist ›Pet‹ die Kurzform?« fragte Ruth.

»Das weiß ich wirklich nicht.« Er merkte, daß sie nur ihre Abfahrt verzögern wollte. »Ruf mich heute abend aus Paris an«, sagte er. Er küßte Ruth und küßte Clara, dann schob er sie fast mit Gewalt zu Anne-Marie, die ihre Koffer schon hatte einladen lassen und nun auf Ruth wartete, wie um sie zu verhaften. Sie schob Ruth eine Hand unter den Arm und führte sie den schmalen Pfad entlang zu dem etwas breiteren Pfad, wo das Auto wartete. Fort waren sie, Ruth und Clara auf dem Beifahrersitz. Sie sahen aus wie ein wohlhabendes Ehepaar mit Kind. Anne-Marie kam zum Haus zurück und verschloß und verriegelte die Hintertür. Harvey sagte: »Gehen Sie voran. Ich folge Ihnen. Ich kenne mich in diesem Gemäuer noch nicht aus.«

Sie lachte.

Zwanzig Minuten später wurde die Presse eingelassen. »Ruhe, bitte!« sagte Anne-Marie. »Wir haben ein Baby im Haus. Das dürfen Sie nicht aufwecken.«

Harvey hatte Claras unschuldige Abreise noch so frisch im Gedächtnis, daß er im ersten Moment richtig zusammenschrak, bevor ihm wieder einfiel, daß Ruth und Clara ja heimlich abgereist waren.

»Madame hat sich gleichfalls etwas hingelegt«, verkündete Anne-Marie weiter. »Bitte, meine Damen und Herren, machen Sie keinen Lärm.«

Es waren achtzehn Männer und fünf Frauen; die übrigen standen draußen an der Straßensperre und stritten sich vergebens mit der Polizei. Das erfuhr Harvey von den Reportern selbst, die sich im Wohnzimmer drängten. Es waren in der

Mehrzahl Franzosen, Briten und Amerikaner. Harvey nahm sie so scharf wie möglich unter die Lupe und versuchte herauszufinden, wer von ihnen der Polizeispitzel war. Eine drahtige Frau von etwa Fünfzig, mit rotem Gesicht, geplatzten Äderchen und dünnem grauem Haar, das flauschig ihr ganzes Gesicht umrahmte, wie um das Beste daraus zu machen, erschien ihm als mögliche Kandidatin, und sei es nur deshalb, weil sie im Gegensatz zu allen andern niemanden zu haben schien, mit dem sie sich unterhalten konnte.

»Mr. Gotham, wann haben Sie Ihre Frau zuletzt –?«

»Ich beantworte keine Fragen«, sagte Harvey, »bevor Sie nicht mit dieser Blitzerei aufgehört haben.« Er lehnte sich mit verschränkten Armen in seinem Stuhl zurück. »Halt«, sagte er. »Halt jetzt. Ich werde zuerst Ihre Fragen beantworten, soweit sie vernünftig sind. Danach können Sie ein paar Fotos machen. Aber nicht alle auf einmal. Und dämpfen Sie bitte Ihre Stimmen; wie Sie gehört haben, schlafen oben ein Kind und eine Dame, die sehr viel Ruhe braucht.« Ein Reporter, der sich an der Tür lümmelte, ein großer, blonder Mann mittleren Alters, machte sich schon eifrig Notizen. Was nur? Sein Gesicht kam Harvey bekannt vor, aber er wußte es momentan nicht unterzubringen.

Die französischen Journalisten waren die stimmgewaltigsten. »Wissen Sie, wo Ihre Frau ist?« – »Wie lange ist sie schon Mitglied?« – »Die terroristischen Aktivitäten Ihrer Frau Effie – halten Sie die für eine Reaktion auf ihre reiche Ehe mit all dem Luxus und der Langeweile, die der Kapitalismus produziert?« – »Welche Lehren und Ziele verfolgt Ihre religiöse Gruppe, Mr. Gotham?«

Harvey sagte: »Bitte einer nach dem andern.«

»Sie glauben bei all Ihren Reichtümern noch an Gott, ist das richtig?« – »Wollen Sie uns glauben machen, daß Sie in dieses Château gezogen sind, um die Bibel zu studieren?« – »Stimmt es nicht, daß Sie ursprünglich in der kleinen Hütte am Ende der Zufahrt gewohnt haben?«

»Ja«, sagte Harvey. »Ich bin da unten immer zum Arbeiten hingegangen.«

»Woher bekommt Ihre Frau das Geld für ihre terroristischen Aktivitäten?«

»Ich weiß nichts davon, daß meine Frau an terroristischen Aktivitäten beteiligt ist.«

»Aber die Polizei hat sie identifiziert. Hören Sie, Mr. Gotham, diese Leute von der FLE bekommen doch irgendwoher ihr Geld.« Das kam von einem dicken jungen Amerikaner, der wie ein Maschinengewehr sprach.

»Würden Sie bitte Französisch sprechen, damit alle verstehen, was gefragt wird?« sagte Harvey. Ein Franzose kam seinem amerikanischen Kollegen rasch zu Hilfe und wiederholte die Frage auf französisch.

»Offenbar überfallen sie Supermärkte und räumen die Kassen aus. Lesen Sie keine Zeitung?« fragte Harvey.

»Wenn Ihre Frau in diesem Moment mit einer Maschinenpistole hier hereinkäme –«

»Das ist eine hypothetische Frage«, sagte Harvey. Die Frage war von einem schüchternen jungen Asiaten mit feinen Gesichtszügen und trauriger Blässe gestellt worden, der offenbar nach einem Quotensystem zu dieser Konferenz zugelassen worden war. Er machte ein verwundertes Gesicht. »Ihre Frage ist rein theoretischer Art«, versuchte Harvey ihm zu helfen. Der junge Mann nickte weise und machte sich Notizen. Was für Notizen? – Weiß der Himmel.

»Haben Sie bei der Polizei keine Tonbandaufzeichnung von der Stimme Ihrer Frau gehört, wie sie über Lautsprecher die Leute anwies, den Supermarkt zu verlassen, bevor die Bombe hochging? – Sie müssen doch die Stimme Ihrer Frau erkannt haben«, sagte ein Amerikaner.

»Ich habe keine Tonbandaufzeichnung gehört. Aber sollte meine Frau irgendwann irgendwem, der in Gefahr ist, eine Warnung zukommen lassen, würde ich das sehr richtig von ihr finden«, sagte Harvey.

Die meisten Reporter waren jünger als Harvey. Einer, ein bärtiger Schwede, war alt und dickbäuchig. Er schien als einziger zu wissen, was das Buch Hiob war. Er fragte Harvey: »Würden Sie sagen, daß Sie selbst insofern in der Situation Hiobs sind, als Sie in den Augen der Welt verdächtig sind, während Sie selbst sich völlig unschuldig fühlen?«

Harvey sah seine Chance und ergriff sie. »Ich bin wohl kaum in der Situation Hiobs. Zum einen war er mit Geschwüren bedeckt, ich bin es nicht. Und seine Freunde warfen ihm einzig aufgrund seiner Leiden vor, er müsse in irgendeiner Weise gesündigt haben. Was Hiob über sich ergehen lassen mußte, lief auf ein Verhör durch die Ältesten seiner Gemeinde hinaus. Ich habe keine persönliche Analogie im Sinn. Aber ich freue mich, daß wir endlich auf das Thema dieser Konferenz kommen: Was ist die Antwort auf Hiobs Frage? Hiobs Frage war: Warum läßt Gott mich leiden, wenn ich nichts getan habe, womit ich das verdiene? Nun hatte Hiob keinerlei Zweifel daran, daß seine Leiden von Gott und aus keiner andern Quelle kamen. Allein die schnelle Folge der einzelnen Unglücke, die Hiobs Welt zerstörten und ihn in kürzester Zeit arm, einsam und krank machten, zeugten in drastischer Weise für einen nicht natürlichen, also für einen übernatürlichen Ursprung. Dieses Übernatürliche, das die Macht hatte, so durchgreifend und verheerend zu wirken, konnte für Hiob nur Gott sein. Und wir wissen aus dem Kontext der Bibel, daß er recht hatte, denn im Prolog lesen wir ausdrücklich, daß Gott es war, der das Thema Hiob gegenüber Satan zur Sprache brachte; es war sogar Gott, der Satan dazu herausforderte, Hiob zu quälen, nicht umgekehrt. Ich habe leider meine französische Ausgabe der Schrift nicht zur Hand, sie liegt unten in meinem Cottage, sonst könnte ich Ihnen diese Stelle vorlesen. Aber –«

»Mr. Gotham«, sagte eine junge, ganz in dunkelgraues Leder gekleidete Engländerin, »es tut mir leid, Sie zu unterbrechen, aber ich muß bis sechs Uhr meinen Bericht durchgeben. Stimmt es, daß Nathan Fox der Liebhaber Ihrer Frau ist?«

»Bleiben Sie bitte bei Französisch, wenn Sie können. Im übrigen beantworte ich gerade diesem Herrn«, sagte Harvey, indem er auf den älteren Schweden zeigte, »eine Frage zu einem sehr wichtigen Thema, und –«

»O nein, Mr. Gotham, o nein!« Es war ein abgebrühter Pressemann, Amerikaner oder Engländer, der dies mit lauter, heftiger Stimme rief. »O nein, Mr. Gotham. Sie sind hier, um unsere Fragen zu beantworten.«

»Bitte dämpfen Sie Ihre Stimme. Im übrigen bin ich hier, weil dies mein Haus ist. Und Sie sind hier, um mir zuzuhören. Das Thema ist das Buch Hiob, dem ich viele Jahre meines Lebens gewidmet habe. Dieser Herr«, sagte Harvey, indem er dem ernst und recht geschmeichelt dreinblickenden Schweden zunickte, »hat mir eine interessante Frage zu diesem Thema gestellt. Ich habe diese Frage beantwortet und führe sie weiter aus. Sie und Ihre anderen Kollegen werden einer nach dem andern Gelegenheit bekommen, Ihre Fragen zu stellen. Wie ich gerade sagen wollte, war Hiobs Problem teilweise Unwissenheit. Er hatte keinen Zugang zu irgendeinem Erkenntnissystem, das auf den Grund seiner Leiden verwiesen hätte. Er sagte ausdrücklich: ›Ich will mit Gott rechten‹, und erwartete, Gott werde sich stellen wie ein Mann und seine Sache vertreten.«

»Mr. Gotham –«

»Mr. Gotham, können Sie uns sagen, ob Sie Ihrer Frau in irgendeiner Weise beistehen würden, wenn sie vor Gericht käme? Sind Sie persönlich der politischen Meinung, daß die FLE der jungen Generation etwas zu bieten hat?« – Die Frage kam von einem schlaksigen französischen Journalisten mit strahlenden Augen und breitem Lächeln. Eigentlich ganz sympathisch, fand Harvey; wahrscheinlich neu in seinem Gewerbe.

»Es tut mir aufrichtig leid, Sie zu enttäuschen«, sagte Harvey mit einer gewissen Liebenswürdigkeit, »aber ich halte Ihnen hier ein Seminar über Hiob, kostenlos.«

Ein wilder Tumult setzte ein. Proteste und Fragen prasselten von allen Seiten auf Harvey ein.

»Ruhe!« brüllte er. »Entweder hören Sie mir in Ruhe zu, oder Sie gehen, alle. Hiobs Problem war, wie ich sagen wollte, zum Teil seine Unwissenheit. Alle redeten, aber keiner sagte ihm etwas über den Grund seiner Leiden. Nicht einmal Gott, als er erschien. Die Begrenztheit unseres Wissens läßt uns die Ursache von Leiden nicht verstehen, vielleicht ist es sogar selbst die Ursache des Leidens. Ruhe da drüben! Das Kind schläft. Und ich sagte, im Moment keine Fotos! Wie gesagt, wir sind hier in der Welt verhaftet, und nur unseresgleichen kann uns überhaupt etwas sagen. Das genügt aber nicht. Und von dem übrigen sagt Gott uns nichts. Nein, ich habe Ihnen schon gesagt, daß ich nicht weiß, wo meine Frau ist. Wie das Buch Hiob in die Heilige Schrift gekommen ist, kann ich Ihnen wirklich nicht sagen. Das ist das größte Rätsel überhaupt. Denn es ist nicht –«

»Mr. Gotham«, sagte der abgebrühte Journalist, »die FLE hat Supermärkte, Juwelierläden und Banken in Gérardmer, La Bresse, Rambervillers, Mirecourt und Baccarat überfallen. Ihre Frau ist –«

»Sie haben Epinal vergessen«, sagte Harvey. Fotoapparate blitzten. »Würden Sie mir jetzt erlauben, die Frage zu beantworten, die mir gestellt wurde, oder das Haus verlassen?«

»Ihre Frau –« ... »Ihre Herkunft, Mr. Gotham –« ... »Die Schwester Ihrer Frau –«

»Die Konferenz ist beendet«, sagte Harvey.

»O nein!« – »Nein, Mr. Gotham.« – »Einen Augenblick.« Manche schimpften und fluchten; andere lachten.

Aber Harvey stand auf und war schon auf dem Weg zur Tür. Die meisten Reporter waren aufgesprungen und lärmten. Die drahtige Frau mit dem roten Gesicht, die mögliche Polizeiagentin, blieb mit ihrem Tonbandgerät auf dem Schoß bescheiden sitzen. Der blonde Hüne an der Tür hatte wie aus dem Nichts einen Gürtel herbeigezaubert und schnallte ihn sich rasch um den Leib. Harvey sah, daß der Gürtel voller Patronen steckte und ein Revolver in einem Halfter, die Hand des Mannes auf dem Knauf. Jetzt erkannte Harvey ihn auch als den Polizisten mit den rötlichen Haaren wieder, der während seines ganzen Verhörs in Epinal, in Uniform, mit am Tisch gesessen hatte.

Harvey sagte: »Ich muß Sie darauf aufmerksam machen, daß sich Polizei im Raum befindet.«

»Was für Polizei? Die *Brigade antigang?*«

»Da bin ich überfragt. Bitte verlassen Sie geordnet das Haus, und wecken Sie mir das Baby nicht auf.«

Sie verließen das Haus weder geordnet noch leise.

»Warum machen Sie sich nicht aus dem Staub, solange Sie noch können? Fliegen Sie doch zurück nach Kanada«, sagte eine Frau. – »Wir werden Sie ja vor Gericht wiedersehen«, meinte jemand anders. Irgendwer machte Witze, während sie gingen, ein anderer kippte Stühle um. Aus allen Ecken kamen die letzten Lichtblitze der Kameras, verewigten den Polizisten, die umgekippten Stühle und Harvey, der mittendrin stand, ein Bild, das in einer der morgigen Zeitungen unter dem Titel *Wecken Sie mir das Baby nicht auf* erscheinen würde. Aber endlich waren sie fort. Die drahtige Frau mit dem roten Gesicht sagte im Vorbeigehen traurig zu Harvey: »Ich fürchte, Sie werden eine sehr schlechte Presse haben.«

Der Polizist folgte ihnen nach draußen und scheuchte sie von seinem Wagen aus die Zufahrt hinunter. Bevor er die Tür schloß, sah Harvey in dem aus der Diele fallenden Lichtschein etwas Neues: Auf der vorderen Veranda war für alle deutlich sichtbar eine Wäscheleine gespannt. Anne-Marie hatte gerade die letzten Babysachen heruntergenommen und war dabei offenbar fotografiert worden. Sie kam auf ihn zu.

»Nicht sehr überzeugend«, sagte Harvey. »Es hängt doch niemand Wäsche vor die Tür eines Châteaus.«

»Früher nicht«, sagte Anne-Marie. »Heute schon. Wir zum Beispiel tun es. Daran wird niemand das allermindeste verdächtig finden.«

»Hat sie Ihnen nicht gesagt, in welchem Hotel sie in Paris absteigen wollte?« fragte Harvey.

»Mir nicht«, sagte Anne-Marie. »Aber sie wird doch sicher hier anrufen, wenn sie das gesagt hat. Und auf jeden Fall wird der Inspektor ganz bestimmt wissen, wo sie wohnt.«

Es war halb zehn, und Anne-Marie stand im Begriff, nach Hause zu fahren, schon etwas unruhig ob ihrer großen Verspätung; sie wohnte ein schönes Stück weit weg. Ein Wagen mit einem Polizisten in Zivil am Steuer wartete vor der Tür. Sie eilte davon, schlug laut die Wagentür zu und war weg.

Stewart Cowper war vor etwa einer Stunde angekommen, noch ganz fertig von der Reise und voller Wut auf die Polizei; man hatte ihn an der Haustür gefilzt; er war fast den ganzen Tag unterwegs gewesen und fror. Momentan stand er unter der Dusche.

Harvey und Anne-Marie hatten gemeinsam das Wohnzimmer wieder in Ordnung gebracht. Ruth hatte ihn noch nicht, wie versprochen, aus Paris angerufen. Wo steckte sie? Harvey bemerkte jetzt etwas Neues im Zimmer: eine große Vase mit Frühlingsblumen, gekonnt arrangiert und sehr schön. Iris, Narzissen, Lilien, Osterglocken; alle zu früh für diese Gegend; sie mußten aus einem teuren Laden in Nancy stammen. Anne-Marie hatte sie wohl irgendwann zwischen dem Aufräumen und ihrem Weggang hier hingestellt, aber Harvey hatte es nicht bemerkt. Sie standen auf einem niedrigen runden Tischchen, das sie mit ihrem elegant über den Vasenrand fallenden Grün fast zudeckten. Harvey hatte sie auch nicht bemerkt, als er mit Stewart dagesessen und ihn bei einem Gläschen zu beruhigen versucht hatte, und nicht, als Anne-Marie in aller Eile, weil es schon so spät war, ein kaltes Abendessen auf den kleinen Eßtisch gestellt hatte, wo es jetzt immer noch stand und wartete, bis Stewart geduscht und umgezogen war. Woher kamen diese Blumen? Wer hatte sie ins Haus gebracht, wer hatte sie geschickt? Anne-Marie hatte das Haus nicht verlassen. Und warum hätte sie Blumen schicken lassen sollen?

Stewart kam und schenkte sich noch einen Drink ein. Er war mittelgroß und um die Mitte Vierzig und hatte das runde Gesicht und die runden blauen Augen eines Schuljungen; aber dieses unreife Aussehen wurde wieder ausgeglichen durch eine tiefe, ausdrucksvolle Stimme, so daß man, wenn er sprach, den Gesamteindruck einer gewissen Reife und Intelligenz gewann, der die Arglosigkeit der runden Augen wieder aufhob.

»Hast du diese Blumen mitgebracht?« fragte Harvey.

»Ob ich *was* mitgebracht habe?«

»Die Blumen. Ich weiß nicht, woher die kommen. Die Haushälterin – übrigens eine Polizistin – muß sie irgendwann im Lauf des Abends hingestellt haben. Aber wozu?«

Stewart ging mit seinem Glas zum Sofa, setzte sich und trank.

In Harveys Kopf arbeitete es schnell und immer schneller. »Ich glaube, ich weiß, wozu die da sind. Hast du schon mal davon gehört, daß man in einer Blumenvase eine Wanze unterbringen kann?«

»Ein ziemlich auffälliges Versteck für eine Wanze, wenn die Blumen nicht schon vorher da waren«, meinte Stewart.

Aber Harvey war schon dabei, den Strauß zu zerpflücken. Er schüttelte jede Lilie, jede Osterglocke, zupfte den Iris die Blütenblätter aus. Stewart führte sein Glas an die Lippen und meinte, Harvey solle sich doch beruhigen; er beobachtete ihn weiter mit seinen großen blauen Augen und trank wieder einen Schluck. Harvey vergoß das Blumenwasser über den ganzen Tisch und Fußboden. »Ich finde nichts«, sagte er.

»Wenn ich es richtig sehe, hatte die Polizei jede Menge Gelegenheit, Wanzen überall im Haus zu installieren; dazu hätte sie nicht eigens einen Blumenstrauß spendieren müssen«, sagte Stewart. »Was hast du jetzt nur aus diesem schönen Strauß gemacht!«

»Ich würde ja zum Essen mit dir ausgehen«, sagte Harvey. Er setzte sich aufs Sofa, den Kopf mutlos auf die Hände gestützt. »Ich würde zum Essen mit dir ausgehen, aber ich muß hier auf einen Anruf von Ruth warten. Sie ist in Paris, aber ich weiß nicht wo. Ich muß meinem Onkel in Toronto noch ihre Ankunftszeit und Flugnummer mitteilen. Habe ich dir schon gesagt, daß sie das Baby zu meinem Onkel Joe bringt?«

»Nein«, sagte Stewart.

»Tut sie aber. Ich muß dafür sorgen, daß sie abgeholt wird, und nach Toronto telefonieren und denen rechtzeitig Bescheid sagen. Und dann muß ich wohl auch noch einen Anruf von Ernie Howe abwarten. Jedenfalls hat er gesagt, daß er anrufen will.«

»Was hast du sonst noch alles zu tun?«

»Weiß ich nicht.«

»Warum ruhst du dich nicht ein bißchen aus? Du bist ja in einem fürchterlichen Zustand.«

»Das weiß ich. Was willst du eigentlich hier?«

»Dich beraten«, sagte Stewart. »Natürlich kann ich hier in Frankreich nicht für dich tätig werden.«

»Ich brauche niemanden. Im Notfall habe ich ja diesen Dingsda in Paris.«

»Martin Deschamps? – Ich habe schon mit ihm gesprochen. Er kann in so einem Fall nichts für dich tun. Auch sonst keiner von seiner Kanzlei. Das heißt, die wollen nicht. Terrorismus ist diesen vornehmen Anwälten zu unfein. Ich habe Hunger.«

»Dann essen wir doch«, sagte Harvey; und sie setzten sich hin und aßen ihr kaltes Abendbrot. Harveys Hand zitterte, als er den Wein einschenken wollte. Er hielt inne und betrachtete seine Hand. »Ich zittere«, sagte er. »Warum hat Ruth denn noch nicht angerufen?«

Stewart nahm ihm die Flasche ab und schenkte ein. »Die Nerven«, sagte er.

»Sie muß inzwischen längst zu Abend gegessen und das Baby zu Bett gebracht haben«, sagte Harvey. »Eine Stunde gebe ich ihr noch, dann rufe ich die Polizei an und erkundige mich, wo sie steckt. Ernie Howe hätte auch schon anrufen müssen.«

»Vielleicht hat sie gar nicht in Paris Station gemacht. Vielleicht ist sie gleich zum Flughafen gefahren.«

»Sie hätte trotzdem anrufen können. Sie könnte ja krank geworden sein. Immerhin ist sie schwanger.«

»So?«

»Sagt sie.«

Das Telefon klingelte. Ein Polizeiinspektor. »Monsieur Gotham? – Ich möchte Ihnen mitteilen, daß Madame Jansen in London angekommen ist.«

»In London? Ich dachte, sie wollte in Paris übernachten. Ich habe doch arrangiert, daß sie nach Kanada zu meinem –«

»Sie hat es sich anders überlegt.«

»Wo ist sie in London?«

»Das kann ich Ihnen nicht sagen. Gute Nacht.«

»Wenn sie dich nicht angerufen hat, wie versprochen«, sagte Stewart andern Morgens, »und Ernie Howe auch nicht angerufen hat, wie versprochen, und sich nun zusätzlich herausstellt, daß sie nach London geflogen ist, hättest du meines Erachtens schon längst vermuten müssen, daß die beiden zusammen sind.«

»Du meinst, sie ist zu Ernie Howe gegangen? Warum sollte sie zu ihm? Sie ist schwanger von mir.«

»Sie hat Ernie Howes Baby auf dem Arm. Es wäre nur natürlich, es zu seinem Vater zu bringen. Du kannst nicht alles besitzen wollen, Harvey.«

»Weißt du mehr, als du mir sagst?« fragte Harvey.

»Nein, es ist nur eine Vermutung.«

»Ich werde bei Ernie Howe anrufen, sobald mein Gespräch nach Kanada da war. Es ist ärgerlich für meinen Onkel, so herumgeschubst zu werden. So jung ist er nicht mehr. Ich habe gerade ein Gespräch angemeldet.«

»In Toronto ist es mitten in der Nacht«, sagte Stewart.

»Ist mir egal.«

Anne-Marie kam in ihrem dicken Mantel, Schal und Stiefeln. »Guten Morgen«, sagte sie, dann stieß sie einen Schmerzensschrei aus, denn ihr Blick war auf die Blumen gefallen, die sie gestern abend so hübsch arrangiert zurückgelassen hatte und die jetzt alle zerfetzt waren, sogar die Blütenblätter abgerissen.

»Ich habe nach einer Wanze gesucht«, sagte Harvey.

»Ich glaube, Sie sind gar kein Mensch«, sagte Anne-Marie. Sie war in Tränen. Ziellos hob sie eine Osterglocke auf und legte sie wieder hin, dann eine zerrupfte blaue Iris.

»Wer hatte die bestellt? Wer hat sie geschickt?« wollte Harvey wissen.

Stewart sagte: »Ich helfe Ihnen beim Aufräumen. Lassen Sie mich das machen.«

»Ich habe sie selbst schicken lassen«, sagte Anne-Marie. »Um Ihnen nach dem Ärger mit der Presse eine Freude zu machen, und nachdem Sie das Baby nicht mehr haben. Meine Schwägerin hat ein Blumengeschäft, und ich habe sie extra ihren schönsten Strauß durch einen Boten schicken lassen; ein persönliches Geschenk von mir. Ich dachte, da Sie nun auf Madame und Clara verzichten müssen, würden die schönen Frühlingsblumen Ihnen Freude machen.«

Stewart hatte ihr den Arm um die Schultern gelegt. »Ihm sind die Nerven durchgegangen«, sagte er. »Das ist alles.«

Das Telefon klingelte. Harveys Gespräch nach Kanada. Wie Harvey fest erwartet hatte, meldete sich ein verschlafener Diener. So konnte er erklären, ohne mit seinem Onkel direkt reden zu müssen, daß Ruth und das Baby nun wahrscheinlich doch nicht kämen und daß alles, was über ihn in den Zeitungen und im Fernsehen berichtet werde, wahrscheinlich falsch sei.

Er legte auf. Das Telefon klingelte: »Hallo, Harvey!« Die Verbindung wurde unterbrochen. Dann klingelte es wieder: »Harvey, hier ist Ruth.« Sie sprach in einem merkwürdigen Tonfall; sprach ihren Namen »R-j-uth« aus, aber die Stimme war eindeutig ihre. Muß der Londoner Einfluß sein, sagte Harvey sich sogleich. Aber sie sprach schon weiter. »Ich hab's mir anders überlegt, Harvey. Ich mußte Clara zu ihrem Vater bringen.«

»Was soll das heißen?« fragte Harvey. »Du meinst, du fliegst nicht zu meinem Onkel Joe nach Toronto? Du hast beschlossen, dich mit Ernie Howe zusammenzutun, ja?«

»Ja«, sagte Ruth.

»Dann finde ich, du hättest mir mit Rücksicht auf meinen Onkel – er ist achtundsiebzig – wenigstens Bescheid sagen können.«

»Weißt du, ich war so sehr mit Clara beschäftigt.«

»Gib mir mal Ernie«, sagte Harvey.

»Ernie, möchtest du?« fragte Ruths Stimme beiseite.

»Hallo«, meldete sich die andere Stimme.

»Ernie Howe?«

»Am Apparat.«

»Was machen Sie mit Ruth?«

»Wir haben gerade Thunfischsalat gegessen und Clara gefüttert.«

Harvey erinnerte sich an Ernies Stimme und wußte jetzt, woher Ruths komische Aussprache kam.

»Ich gebe einen guten Vater ab und mag Ihren überheblichen Ton nicht«, sagte Ernie.

Nach einigem hitzigen Hin und Her ging Harvey irgendwo im Hinterkopf das Licht auf, daß er in der Angelegenheit wirklich keinerlei Rechte hatte, nicht einmal Grund, sich groß zu beklagen. Er sagte gute Nacht, legte auf und ging ins

Wohnzimmer zurück, wo er von seinem Freund etwas Trost zu bekommen hoffte.

Sein Freund saß händchenhaltend mit Anne-Marie auf dem Sofa. Harvey bekam gerade noch mit, wie er fragte: »Darf ich mich in Sie verlieben?«

»Sie ist verheiratet«, sagte Harvey auf englisch.

»Keineswegs«, antwortete Anne-Marie im sachlichsten Ton. »Ich lebe bei meinem verheirateten Bruder.«

»Also, ich dachte, Sie wären verheiratet.«

»Da haben Sie auch noch gedacht, ich sei Ihre Haushälterin.«

»Wenn Sie das nicht sind, was machen Sie dann hier?« fragte Harvey.

»Er ist erregt«, sagte Stewart. »Hören Sie nicht auf ihn.«

Anne-Marie blickte lange den unaufgeräumten Tisch mit den zerfledderten Blumen an und sagte: »Ich muß ja dienstlich hierbleiben. Ich werde Kaffee machen.«

Als sie draußen war, sagte Harvey: »Du benimmst dich wie ein Abiturient, der zum erstenmal in Frankreich ist und seiner ersten Französin begegnet.«

»Was gibt's Neues aus England?«

»Ruth ist bei Ernie Howe.«

»Was sagen die Zeitungen?«

»Weiß ich nicht. Erkundige dich, das ist deine Arbeit.«

»So?« meinte Stewart.

»Wenn nicht, was machst du dann hier?«

»Wahrscheinlich bin ich nur ein Tröster«, sagte Stewart.

»Das denke ich auch.«

Achtes Kapitel

Kann einer eigentlich«, fragte Harvey, »etwas völlig Harmloses, wenn auch höchst Ungewöhnliches tun, ohne Verdacht zu erregen?«

»Nur wenn seine Frau keine Terroristin ist«, antwortete Stewart.

»Nimm an, daß sie keine ist.«

»Gut, ich nehme es an. Aber nun bist du da, ein reicher Mann, der unter primitiven Umständen in einem kleinen französischen Dörfchen lebt. Schön, niemand hat dich behelligt, bis die Polizei vor kurzem anfing, eine Verbindung zwischen dir und der FLE zu vermuten, und auch da haben sie dich nur von fern beobachtet; sie haben dich nicht gleich kassiert oder dich so belästigt, daß es dir das Leben vermiest hätte. Bis vor ganz kurzem wußtest du nicht einmal, daß es sie gab. Jetzt bist du verhört und durch die Mangel gedreht worden; das ist nur natürlich. Es hätte schlimmer kommen können. Viel schlimmer. Du kennst die Polizei nicht.«

»Meine Papiere wurden durchwühlt, meine ganze Arbeit, meine Privatsachen –«

»Allzuviel Mitleid kann ich nicht mit dir haben, Harvey. Ich kann nicht behaupten, daß du wirklich gelitten hast. Offensichtlich geht die Polizei sehr behutsam mit dir um. Sie schirmt dich vor dem Pöbel ab, vor Anrufen. Wahrscheinlich glaubt sie dir; ich denke, die wissen inzwischen, daß du keinen Kontakt mit Effie hast. Und ich finde es richtig, daß sie für den Fall, daß sie doch Kontakt mit dir aufnimmt, die Augen offenhalten.«

»Es ist nicht richtig«, sagte Harvey, »zu behaupten, ich hätte nicht gelitten. Hast du heute morgen im Radio den Pressespiegel gehört? – Für die Presse hat mein Name schon einen schlimmeren Klang als Effies.«

Die Lokalzeitung, bisher die einzige, die in seine Hände gelangt war, lag vor ihnen auf dem Kaffeetisch, die Titelseite obenauf. Die Schlagzeile: *Der Vogesen-Guru* spannte sich über ein Bild von Harvey, wie er am Ende der Pressekonferenz bestürzt in dem chaotischen Zimmer saß. Unter dem Bild stand der Vorspann des dazugehörigen Artikels:

> Harvey Gotham, der amerikanische »Prophet«, schmäht Gott, von dem er behauptet, er habe die Welt ungerecht zum Leiden verdammt. *Gott ist ein Scheißkerl* war eine der Lästerungen, die man gestern auf einer internationalen Pressekonferenz zu hören bekam, abgehalten in dem 40-Zimmer-Château, das der millionenschwere Ehemann der führenden FLE-Terroristin Effie Gotham neulich erworben hat.

In dem Artikel machte dessen Verfasser sich Gedanken über den Einfluß Harveys auf ein Mädchen wie Effie, »aus den ärmeren Schichten Londons«, und auf ihre Schwester und ein Baby namens Clara, das in dem Château noch immer in seiner Gewalt sei.

Harvey sagte zu Stewart: »Ich habe nie gesagt: ›*Dieu est merde.*‹«

»Du hast es vielleicht angedeutet.«

»Vielleicht. Aber ich bin nicht als Prophet aufgetreten; ich habe in rein akademischem Sinne ein paar Aspekte des Buchs Hiob diskutiert.«

»Für einen Mann von deiner Intelligenz bist du erstaunlich dumm«, sagte Stewart. »Die wollten etwas über Effie erfahren. Als sie darüber nichts bekamen, haben sie aus dem, was sie bekamen, das Beste gemacht. Du hättest dich schon lange mit einer großzügigen Abfindung von Effie scheiden lassen sollen. Die Scheidung kann sie ja jederzeit bekommen; was sie haben wollte, war Geld.«

»Um die FLE zu unterstützen?«

»Du hast gesagt, ich soll davon ausgehen, daß sie damit nichts zu tun hat.«

»Ich will mich nicht von Effie scheiden lassen. Ich will keine Scheidung.«

»Liebst du Effie denn noch?«

»Ja.«

»Dann bist du arm dran. Warum hast du sie verlassen?«

»Weil ich ihr soziologisches Gewäsch nicht mehr ertragen konnte. Wenn sie etwas Gutes in der Welt hätte tun wollen, hätte sie dazu reichlich Gelegenheit gehabt. Nichts hätte sie daran gehindert, sich für eine gute Sache zu engagieren; Geld hätte sie dafür bekommen, und Zeit hatte sie immer genug. Aber sie muß Supermärkte und Banken ausrauben und mit *solchen* Typen schlafen.« Er wies auf eine Reihe Fotos in der Zeitung. Drei junge Männer und Effie. Das Foto von Effie war dasjenige, das die Polizei in seinen Papieren gefunden hatte. Harvey erklärte das Stewart und sagte: »Ein anderes Bild von Effie haben sie anscheinend nicht. Möchte wissen, wie sie an die Fotos ihrer Freunde gekommen sind.«

»Genauso, wie sie an das von Effie gekommen sind, nehme ich an. Indem sie bei deren Familien und Freundinnen herumgewühlt haben.«

»Was sie in denen nur sieht?« fragte Harvey. Stewart drehte die Zeitung um, damit er sie besser sehen konnte. Einer der Männer trug ein Jackett mit stark wattierten Schultern, eine getüpfelte Fliege und die Haare so lang, daß sie am unteren Bildrand, also etwa in Ellbogenhöhe, noch nicht zu Ende waren; der zweite war blond und hatte ein nichtssagendes Gesicht mit dicken Lippen; der dritte schien es darauf anzulegen, als der Verbrecher zu posieren, der er angeblich war: ein hämisch feixendes Gesicht mit zusammengekniffenen Augen, Doppelkinn und zwei Tage alten Bartstoppeln. Und zwischen ihnen Effie, die aussah wie Effie. Die Männer wurden mit französischen Namen vorgestellt, Effie als Effie Gotham, Frau des millionenschweren Gurus.

»Was sieht sie in denen?« verlangte Harvey zu wissen. »Es ist weniger so, daß ich eifersüchtig wäre, als daß ich mich durch das Ganze intellektuell beleidigt fühle. Effies Lebenseinstellung hat mich immer intellektuell beleidigt. Ich hatte gehofft, sie würde da herauswachsen.«

»Ich soll doch davon ausgehen, daß sie nichts damit zu tun hat«, sagte Stewart.

»Na schön, aber da ist ihr Foto, zusammen mit denen der andern. Es fällt mir schwer, an der Fiktion festzuhalten«, sagte Harvey.

»Soll das heißen, daß dich das Foto überzeugt?« fragte Stewart. »Du weißt doch, woher die Polizei es hat. Aus einer Schublade in deinem Schreibtisch.«

»Nicht direkt aus einer Schreibtischschublade«, sagte Harvey. »Es lag in einer Kassette. Da unten in meinem Arbeitscottage hebe ich manche Sachen in Kassetten auf. Ich kann es dir ja mal zeigen. Ich war nicht mehr im Cottage, seit ich vor drei Tagen in Epinal verhaftet wurde.«

»Bist du wirklich verhaftet worden?«

»Vielleicht nicht direkt. Ich wurde sehr nachdrücklich aufgefordert, mit aufs Kommissariat zu kommen, und bin mitgegangen.«

»Ich wundere mich«, sagte Stewart, »daß die Presse so wenig über Nathan Fox bringt. Ich habe nur im Radio gehört, daß er plötzlich aus deinem Haus verschwunden ist. Und der Bande rechnen sie ihn auch nicht zu. Vielleicht haben sie kein Foto von ihm gefunden. Ein Foto macht einen Gangster erst real.«

»An dem Tag, an dem sie mich mitgenommen haben, war eine Phantomzeichnung von Effie in der Zeitung«, sagte Harvey.

»Sah es Effie ähnlich?«

»Leider ja. Genaugenommen sah es Ruth ähnlich. Aber es konnte auch für Effie gelten. Es ähnelte außerdem Hiobs Frau. Weißt du, Stewart, das war das Merkwürdigste überhaupt, daß ich gerade im Museum von Epinal saß und mir Gedanken über dieses ungewöhnliche Gemälde von Hiob und seiner Frau von Georges de La Tour machte, als plötzlich die Polizei –«

»Das hast du mir gestern abend schon erzählt«, sagte Stewart.

»Ich weiß. Aber ich möchte darüber reden.«

»Findest du nicht«, sagte Stewart, »daß es sonderbar wäre, wenn Effie von dir Unterhalt haben wollte, um die FLE zu unterstützen, wenn sie doch einfach ihren Schmuck hätte verkaufen können?«

»Hat sie das nicht?«

»Nein, er liegt noch im Bankdepot. Ich habe den zweiten Schlüssel. Es ist noch genug Geld auf ihrem Konto, um die laufenden Ausgaben für Versicherungen und allerlei karitative Dinge zu bestreiten. Es hat sich nichts geändert.«

»Und warum will sie mich dann anzapfen?«

»Ich wüßte nicht, warum sie *nicht* versuchen sollte, Unterhalt in irgendeiner Form von dir zu bekommen. Es stimmt natürlich, daß ihr Kind von Ernie Howe ihr die Rechtsposition vermasselt hat. Aber *du* hast *sie* verlassen. Sie hat sich verhalten wie eine normale Frau, die mit einem Mann in deiner Position verheiratet ist.«

»Effie ist keine normale Frau«, sagte Harvey.

»Nun, wenn du so allgemein sprichst, welche Frau ist das schon?«

»Frauen, die sich nicht in Triest wegen Ladendiebstahls verhaften lassen, sind normal«, sagte Harvey. »Vor allem Frauen mit soviel Schmuck im Banksafe. Auf welcher Seite stehst du überhaupt, auf meiner oder auf Effies?«

»In einem Scheidungsfall bekommt man diese Frage früher oder später immer von seinem Klienten gestellt. Daran führt nichts vorbei«, sagte der Anwalt.

»Aber es handelt sich hier um etwas anderes als um einen Scheidungsfall. Ist dir nicht klar, was passiert ist?«

»Ich fürchte, doch«, sagte Stewart.

Der nächste Tag war Samstag. Sie saßen in Harveys Cottage vor dem Ofen zusammengekauert, weil sie die Fenster zum Lüften geöffnet hatten. Der frühe Märzmorgen hatte einen Hauch von Frühling in sich getragen, aber um elf war davon schon nichts mehr zu spüren; jetzt war wieder Winter, mit trübem Himmel und peitschendem Regen. Als Harvey die Tür des Cottage aufschloß, hatte Stewart gemeint: »Mickrige Erde hast du hier. Da wächst nicht viel.«

»Ich habe mir nur keine Arbeit damit gemacht.«

»Oben beim Château ist sie besser.«

»Ja, da wurde auch mehr dafür getan.«

Harvey war zum erstenmal wieder in seinem Cottage, seit die Polizei darüber hergefallen war. Er sah sich eingehend um und öffnete oben und unten die Fenster, während Stewart den Ofen anzündete.

»Äußerlich haben sie nichts verändert«, sagte Harvey. »Nur ein paar Packen Papier liegen nicht mehr da, wo ich sie hatte liegen lassen. Verschoben, nur um ein paar Zentimeter – aber ich weiß, ich weiß.«

»Haben sie irgendwelche von deinen Papieren mitgenommen – Briefe, Geschäftsunterlagen?«

»Was für Briefe und Geschäftsunterlagen? Alle Briefe und Geschäftsunterlagen hast du. Ich habe hier nur meine Notizen und das Manuskript zu meinem kleinen Buch, soweit man es ein Buch nennen kann – es wird ja eine Monographie. Ich weiß nicht, ob sie die paar Ordner mitgenommen haben, aber sie hätten sie leicht fotokopieren können; würde ihnen viel nützen. Ordner mit Notizen über das Buch Hiob. Das Foto von Effie haben sie mitgenommen; ja, das haben sie mitgenommen. Ich will es wiederhaben.«

»Du kannst es zurückverlangen«, sagte Stewart.

Durchs Fenster sah man eine graue Citroën-Limousine hinter einer Wegbiegung stehen, von der Straße aus unsichtbar; zwei Polizeibeamte in Zivil saßen auf den Vordersitzen. Der Regen tropfte träge auf das Wagendach und trübte die

Windschutzscheibe. »Arme Schweine«, sagte Harvey. »Die machen das in Drei- bis Vierstundenschichten.«

»Na ja, es ist jedenfalls ein Schutz für dich. Vor der Presse, wenn nicht gar vor den Terroristen.«

»Ich wünschte, ich brauchte keinen Schutz, und ich wünschte, du wärst in deiner Londoner Kanzlei.«

»Ich gehe samstags nicht in die Kanzlei«, sagte Stewart.

»Was machst du eigentlich an Wochenenden?«

»Vögeln«, sagte Stewart.

»Soll das heißen, daß du samstags und sonntags immer vögeln gehst, oder daß es mich nichts angeht?«

»Beides.«

»Gehst du sonntags nie in ein Konzert oder ins Kino? Und nie in die Kirche?«

»Manchmal gehe ich in ein Konzert. Oft fahre ich zum Wochenende weg. Ich tue so das Übliche.«

»Na ja, jedenfalls vertust du hier deine Zeit«, sagte Harvey.

»Nein, denn erstens bist du mein einträglichster Klient. Das ist die praktische Seite. Und zweitens interessiert mich dein Buch Hiob; es will mir einfach nicht in den Kopf, daß ein Mann deines Kalibers sich hier in dieses Loch verkriecht. Und drittens bin ich natürlich dein Freund; ich möchte dir aus dieser Patsche helfen. Ich rate dir dringend, auf der Stelle nach London zurückzukommen. Hast du noch deinen Paß?«

»Ja, den haben sie mir zurückgegeben.«

»Ach, hatten sie ihn dir weggenommen?«

»Ja, sie haben meine Taschen geleert«, sagte Harvey. »Aber sie haben alles zurückgegeben. Und ich reise nicht ab.«

»Warum nicht?«

»Alle meine Bücher und Sachen sind hier. Ich sehe nicht ein, wieso ich weglaufen soll. Ich habe die Absicht, weiterzumachen wie gewöhnlich. Außerdem sorge ich mich um Effie.«

»Vielleicht würde Effie sich ein anderes Revier für ihre Betätigung suchen, wenn du nicht in den Vogesen wärst«, sagte

Stewart. »Sieh mal, ich möchte nicht, daß du unfreiwillig zum Komplizen wirst.«

»Effie folgt der Bande«, sagte Harvey.

»Ist sie nicht ihre Anführerin?«

»Ach, ich weiß nicht. Ich weiß nicht einmal mit Bestimmtheit, ob sie dazugehört. Das sind doch nur Behauptungen der Polizei.«

Stewart ging in dem kleinen Zimmer umher, den Schal um den Hals gezogen. »Es ist kalt«, sagte er. Er besah sich die Bücher. »Kocht Anne-Marie eigentlich für dich?« fragte er.

»Ja, so leidlich. Sie ist Polizistin von Beruf.«

»Ach, das hat nicht viel zu sagen«, meinte Stewart, »wenn man es weiß.«

»Ich habe die Mahlzeiten mit Effie immer so geliebt«, sagte Harvey. »Die Mahlzeiten habe ich mehr genossen als das eigentliche Essen.«

»Laß uns zu Mittag irgendwo hingehen«, sagte Stewart.

»Wir könnten nach Nancy fahren. Zweifellos wird man uns folgen.«

»Das hat nicht viel zu sagen, wenn man weiß, daß man verfolgt wird«, sagte Stewart.

Harvey stand in der Mitte des Zimmers und schaute mit gereizter Miene zu, wie Stewart seine Bücher befingerte.

»Nichts weiter Interessantes«, sagte er. »Es sei denn, du interessierst dich für das Thema.«

»Na, das weißt du doch. Aber ich verstehe nicht, warum du deinen Essay nicht woanders schreiben kannst.«

»Ich habe mich hieran gewöhnt.«

»Möchtest du Ruth wiederhaben?« fragte Stewart.

»Nicht besonders. Clara hätte ich gern wieder.«

»Mit Effie?«

»Nein. Effie ist nicht der Typ für eine Mutter.«

»Ist Ruth eine Mutter?«

»Sie ist die geborene Kinderschwester.«

»Aber du hättest gern Effie zurück?« fragte Stewart, und er

ließ die Frage, wie alle Fragen, unwichtig erscheinen, indem er zugleich in Harveys Büchern blätterte.

»Ja, theoretisch schon«, sagte Harvey. »Das ist die *New English Bible*. Die Übersetzung ist ein Elend.«

»Du wärst bereit, Ruth zurückzunehmen, wenn sie Clara zurückbrächte. Aber schlafen würdest du lieber mit Effie.«

»Das ist das unerreichbare Ideal. Im *Buch Hiob* der *New English Bible* wird kein Unterschied zwischen Behemoth und Leviathan gemacht. Die übersetzen beide mit ›Krokodil‹, was zwar in der Theorie möglich wäre, aber der Kontext gibt es einfach nicht her.«

»Ich habe Behemoth immer für das Nilpferd gehalten«, sagte Stewart.

»Na ja, das ist so die allgemeine Ansicht und stimmt nicht unbedingt. Aber der Autor des Buchs Hiob macht aus Gott an dieser Stelle einen Dichter, der seiner eigenen Schöpfung die schönsten Hymnen singt, dem Büffel, dem Strauß, dem Wildesel, dem Pferd, dem Adler; dann kommt noch der Falke. Und Gott sagt: Sieh dir dieses, schau dir jenes an, und denk mal darüber nach, wie sie leben und überleben; ich habe das alles gemacht; wo warst du, als ich es machte? Schließlich kommen der Behemoth und der Leviathan. Also, wenn man sowohl den Behemoth wie den Leviathan mit Krokodil übersetzt, wird die Passage viel zu lang, bekommt das Krokodil als eines der Wunder Gottes viel mehr Gewicht, als offenbar beabsichtigt ist. Was die Äußerlichkeiten des Behemoth angeht, passen sie zum Nilpferd oder irgendeinem ähnlichen großen Tier ebenso wie zum Krokodil. Warum sollte Gott so stolz auf sein Krokodil sein, daß er ihm achtunddreißig Verse widmet, dem Pferd aber nur sieben?«

»Es muß aber doch ein paar starke Argumente dafür geben, daß Behemoth und Leviathan beide das Krokodil sind«, sagte Stewart.

»Natürlich gibt es dafür Argumente. Die Gelehrten versuchen *Hiob* zu rationalisieren, indem sie Verse da umstellen, wo sie offenbar keinen Sinn ergeben. Manchmal schreit natürlich der Textzusammenhang geradezu nach Verlegung einer Stelle von ihrem überlieferten Platz an einen andern. Aber Textstellen nur aus dem einen Grund zu verlegen, daß sie logischer werden, tut dem Buch Hiob nicht einmal gut. Dadurch wird nichts klarer. Das Buch Hiob wird nie klarer werden. Macht ja auch nichts, es ist doch eine Dichtung. Was Leviathan und Behemoth angeht, unterscheidet Lévêque, der gegenwärtig führende Hiob-Experte, sehr wohl zwischen den beiden.« Harvey war offenkundig wieder in seinem Element. Er schien vergessen zu haben, daß es um das Haus herum von Polizei wimmelte und daß Effie eine gesuchte Verbrecherin war.

Stewart sagte: »Du setzt mich in Erstaunen.«

»Womit?«

»Willst du nichts Genaueres über Effie wissen?«

»Ach so, Effie.«

Harvey hatte die Hand auf eines von Lévêques Büchern gelegt. »Er akzeptiert Leviathan als das Krokodil und Behemoth als das Nilpferd. Er hält den Behemoth für ein Nilpferd oder zumindest für ein großes Tier.«

»Wie steht es denn mit den andern neuen Bibeln?« fragte Stewart, indem er auf ein paar Neuübersetzungen wies. Er überlegte, ob Harvey vielleicht gar nicht so arglos war, wie er tat. Er dachte: Vielleicht hat Harvey eben doch mit Effie und der Befreiungsbewegung zu tun. Harveys Kaltblütigkeit hatte etwas nicht sehr Überzeugendes an sich.

»Schlimm«, sagte Harvey. »Die versuchen jedem etwas zu sagen und sagen dadurch im Endeffekt niemandem etwas. Es gibt keine guten neuen Bibeln. Die *Knox Bible* von 1945 war nicht schlecht, aber immer noch undurchsichtig – das ist natürlich eine Vulgata-Übersetzung; die *Jerusalem Bible* und die *Good News Bible* sind nicht viel besser als die alte *Moffat*.«

»Dann hältst du dich also an die autorisierte Fassung?«

»Für meine Zwecke ist sie die beste englischsprachige

Grundlage. Man kriegt die offensichtlichen Fehler heraus und kann entsprechende Anmerkungen machen.«

Harvey schenkte nach und reichte Stewart ein Glas.

»Ich glaube jetzt zu sehen«, sagte Stewart, »daß du hier glücklich bist. Mir war nicht klar, wieviel dir diese Arbeit bedeutet. Es hatte mich ein bißchen verwundert; ich wußte zwar, daß du dem Thema verfallen warst, aber ich wußte nicht, wie sehr, bis ich hierher kam. Du solltest nicht ans Heiraten denken.«

»Tu ich ja auch nicht. Ich denke an Effie.«

»Nur wenn du nicht an Hiob denkst?«

»Ja. Was könnte ich durch Denken schon für sie tun?«

»Deine Arbeit hier wäre eine gute Tarnung, wenn du doch mit ihr unter einer Decke stecktest«, sagte der Anwalt.

»Eine sehr schlechte Tarnung. Die Polizei ist von meiner Geschichte nicht wirklich überzeugt. Warum also du?«

»So hab ich das doch nicht gemeint, Harvey –«

Anne-Marie kam mit knirschenden Bremsen in dem kleinen Renault an. Sie stieg aus, knallte die Tür zu und machte die Dringlichkeit ihrer Botschaft schon klar, noch ehe sie das Törchen zum Cottage geöffnet hatte.

»Mr. Gotham, ein Anruf aus Kanada.«

Harvey ging ihr die Tür öffnen. »Was ist mit Kanada?«

»Ihre Tante war am Telefon. Sie ruft in zehn Minuten wieder an.«

»Ich fahre gleich mit zum Haus.«

Zu Stewart sagte er: »Warte hier. Bin gleich zurück, und dann fahren wir essen. Weißt du, beim Buch Hiob könnte ein Einfluß von *Prometheus* im Spiel sein; die Zeiten könnten durchaus zusammenfallen. Aber ich finde gewaltige Unterschiede. Zum einen war Prometheus nicht unschuldig. Er hatte das Feuer vom Himmel gestohlen. Hiob war unschuldig.«

»Zum Essen fahren?« rief Anne-Marie. »Ich koche gerade oben im Château.«

»Dann essen wir das eben abends kalt«, donnerte Harvey,

während er in den Wagen stieg. Anne-Marie folgte ihm; dabei schaute sie zu Stewart zurück, der ihr ein langes Lächeln nachschickte; es sollte bedeutungsvoll wirken, war aber so unbestimmt, daß es doch wieder nichts bedeutete.

Während sie den Weg zum Château hinaufflitzten, sagte Anne-Marie: »Sie glauben, weil Sie reich sind, können Sie mit den Leuten alles machen. Ich hatte ein Mittagessen geplant.«

»Da hätten Sie zuerst fragen sollen, ob wir zum Mittagessen zu Hause sind«, sagte Harvey.

»O nein!« sagte sie, nicht ganz zu Unrecht. »*Sie* hätten sagen müssen, daß Sie *nicht* da sein werden.«

»Ich bitte um Entschuldigung.«

»Die Entschuldigungen der Reichen. Die sind billig.«

Eine halbe Stunde verging, bevor das Telefon wieder klingelte. Die Polizei kontrollierte die Anrufe und wimmelte die Reporter der halben Welt und andere ab, die mit dem Guru-Gatten einer Terroristin sprechen wollten. Harvey beklagte sich darum nicht. Er setzte sich geduldig hin und las noch einmal alles über sich selbst in der Lokalzeitung von heute morgen, bis das Telefon klingelte.

»Ach, du bist es, Tante Pet. Bei euch muß es doch mitten in der Nacht sein. Wie geht's dir so?«

»Wie geht es *dir?*«

»Ganz gut.«

»Ich habe dich im Fernsehen gesehen, und es steht alles in der Zeitung. Wie konntest du nur so dahinlästern, so etwas über deinen Schöpfer sagen?«

»Tante Pet, du mußt wissen, daß ich überhaupt nichts über Gott, ich meine unsern Schöpfer, gesagt habe. Worüber ich gesprochen habe, war eine erfundene Gestalt namens Gott im Buch Hiob. Ich weiß nicht, was du gesehen oder gelesen hast, aber es ist noch nicht bewiesen, daß Effie, meine Frau, eine Terroristin ist.«

»Ach was, Effie hat nichts damit zu tun, das versteht sich von selbst. Ich *weiß* sogar, daß sie nichts damit zu tun hat.

Warum ich anrufe, ist eine viel ernstere Angelegenheit, eine Schande für die Familie. Ich meine, so eine Blasphemie, wenn du sagst, Gott ist – was du eben gesagt hast.«

»Was *die* sagen, was ich über ihn gesagt haben soll, habe ich nie gesagt«, erklärte Harvey. »Wie geht's dir eigentlich, Tante Pet, und was macht Onkel Joe?«

»Onkel Joe, von dem höre ich kein Wort. Aber ich werd's schon erfahren.«

»Und du selbst? Ich habe schon seit Ewigkeiten nichts mehr von dir gehört.«

»Nun ja, ich schreibe eben nicht viel. Briefmarken kosten ja ein Vermögen. Meine Gesundheit ist so, wie man es bei einer rechtschaffenen, gottesfürchtigen Frau erwarten darf. Onkel Joe lebt so vor sich hin mit diesem alten Collie, dem man auch nicht viel Gutes nachsagen kann. Von den beiden hat keiner mehr seinen Schatten auf die Schwelle der Kirche geworfen, solange ich zurückdenken kann. Sie sind Ungläubige wie du.«

»Im Gegenteil. Ich bin sehr fest im Glauben.«

»Dann solltest du die Bibel nicht in Frage stellen. Hiob war ein guter Mensch. Das Buch Hiob enthält eine christliche Botschaft.«

»Nur wußte Hiob davon nichts.«

»Woher willst du das wissen. Wir haben so eine wunderbare Bibel. Warum willst du die ändern? Du solltest dich um deine Frau kümmern und eine Familie gründen und ein guter Ehemann sein, bei all den Vorzügen, die du hast, und wo das Geschäft so gut geht. Dein Onkel Joe hat die Fusion abgelehnt.«

»Also, Tante Pet, es war eine Freude, mit dir zu reden. Jetzt muß ich mit meinem Anwalt zum Essen gehen. Freut mich, daß du meine Telefonnummer herausbekommen hast, so daß du deinen Seelenfrieden zurückgewinnen konntest.«

»Ich habe deine Nummer nur mit den allergrößten Schwierigkeiten bekommen.«

»Ich frage mich gerade, wie du das gemacht hast, Tante Pet.«
»Geld«, sagte Tante Pet.
»Aha«, sagte Harvey.
»Ich melde mich wieder.«
»Bleib gesund, und nimm nicht die allermindeste Notiz von dem, was die Zeitungen und das Fernsehen sagen.«
»Und der Rundfunk?«
»Auch der Rundfunk.«
»Willst du eine neue Religion gründen, Harvey?«
»Nein.«
Stewart und Harvey überquerten die Place Stanislas in Nancy. Der Regen hatte aufgehört, und ein silbriges Licht schimmerte auf den vergoldeten Toren in den Ecken des Platzes; es glitzerte an den Laternenpfählen mit ihren goldenen Kränzen und gekrönten Köpfen und auf den prächtigen schmiedeeisernen Balustraden der vielen Balkone des Hôtel-de-Ville.
»Dieser Platz sieht außerhalb der Saison immer so schön aus«, sagte Stewart.
»Er ist für Menschenmengen gedacht«, sagte Harvey. »Dafür ist er offensichtlich angelegt.«
Zwei Polizeiautos bogen auf den Platz ein und folgten ihnen im Schrittempo.
»Das Bistro, an das ich gedacht hatte, befindet sich in einem schmalen Gäßchen«, sagte Harvey. »Sollen sie uns dahin ruhig nachfahren. Auch die Polizei muß essen.«
Aber sie bekamen statt dessen nur einen Imbiß auf dem Polizeirevier, denn zwei Polizisten waren aus ihrem Wagen gestiegen und hatten Harvey und Stewart aufgefordert, mit ihnen zu kommen.
»Was ist denn nun wieder los?« hatte Harvey gefragt, als die Polizisten auf sie zutraten.
Stewart sagte: »Ich verlange eine Erklärung.«
Die Erklärung bekamen sie erst, als sie später am Nachmittag aufs Kommissariat von Epinal gebracht wurden.
»In Paris wurde ein Polizeibeamter getötet.«

Neuntes Kapitel

Stewart Cowper durfte, nachdem er den britischen Konsul eingeschaltet hatte, noch am selben Nachmittag das Kommissariat wieder verlassen, wohin man ihn zusammen mit Harvey gebracht hatte. Er weigerte sich, auch nur eine Frage zu beantworten, und sein Abschiedsrat an Harvey war, desgleichen zu tun. Sie waren allein auf dem Korridor.

»Das mindeste, was ich tun kann«, sagte Harvey, »ist Effie in Schutz zu nehmen.«

»Verständlich«, sagte Stewart, und damit machte er sich davon, um aus dem Château sein Gepäck zu holen und sich einen Mietwagen zum Flugplatz und eine Maschine nach London zu besorgen. Harvey kam erst später abends nach Hause, nachdem es ihm nicht gelungen war, aus den Fragen, die ihm ein eigens zu diesem Zweck nach Epinal gekommener Beamter stellte – immer wieder die alten Fragen –, herauszubekommen, was heute morgen in Paris genau passiert war und was Effie mit dem Mord an dem Polizisten zu tun haben sollte.

»Haben Sie im Radio von dem Mord gehört, Monsieur Gotham?«

»Nein, ich habe es gerade erst von Ihnen erfahren. Ich war heute morgen nicht im Château. Ich war mit meinem englischen Anwalt, Stewart Cowper, im Cottage.«

»Worüber haben Sie mit Ihrem Anwalt gesprochen?«

»Über die verschiedenen Versionen des Buchs Hiob in diversen neueren englischen Bibelübersetzungen.«

Der vernehmende Beamte sah Harvey mit echter Wut an. »Einer unserer Leute ist getötet worden«, sagte er.

»Das ist bedauerlich«, sagte Harvey.

Sie brachten ihn nach Nancy, damit er seinen Wagen holen konnte, und folgten ihm nach Hause.

Am folgenden Tag brachten die Sonntagszeitungen wieder

dasselbe Foto von Effie. Ein Foto war auch von dem Polizisten darin, wie er neben einem Polizeiwagen auf der Straße lag, zugedeckt mit einem Tuch; daneben standen noch ein paar andere Polizisten. Effie war am Tatort im achtzehnten Arrondissement von Augenzeugen erkannt worden. Eine blonde Frau mit langen Haaren und Pistole. Sie hatte den Schuß abgegeben. Sie hatte zur Zeit des Überfalls die Haare hinten zu einem Pferdeschwanz zusammengebunden; sie trug Blue jeans und einen grauen Pullover. Die Pariser *Sécurité* und *Gendarmerie* arbeiteten bei der Fahndung nach der FLE und ihren Helfern, vor allem nach den Mördern von Montmartre, jetzt zusammen.

Das war die ganze Meldung, aber sie füllte mehrere Zeitungsseiten. Der Umfang der gedruckten Wörter erklärte sich durch die Länge der vielen mit einem Fragezeichen endenden Absätze, die zahlreichen Einschübe über Harvey und seine Bibelsekte, seinen Reichtum, sein Château und Einzelheiten aus dem Familienleben des unglücklichen Polizisten.

Erst am Montag nach dem Mittagessen wurde er wieder aufs Kommissariat von Epinal geladen. Zwei Mann von der Pariser *Sécurité* waren gekommen, um ihn zu verhören. Beide waren groß, einer von ihnen etwa Ende Vierzig, robust und mit silbersträhnigen Koteletten, der andere blond und dürr, kaum über Dreißig, mit Goldrandbrille. Ein Intellektueller. Harvey dachte, wenn er beide zusammen in einem Restaurant gesehen hätte, würde er den einen für einen älteren Geschäftsmann, den jüngeren für einen Priester gehalten haben.

Später, als er an ihren Fragen herumkaute, sollte es ihm schwerfallen, zwischen diesem zweiten Verhör und dem ersten vor ein paar Tagen zu unterscheiden. Das kam zum Teil daher, daß der Ältere, der sich mit dem Namen Chatelain vorgestellt hatte, sehr viel Zeit darauf verwandte, Harveys frühere Aussagen durchzugehen.

»Mein Haus ist von Ihren Leuten umstellt«, sagte Harvey. »Sie haben Ihre junge Beamtin in meinem Haus. Was werfen

Sie mir vor?« (Stewart Cowper hatte ihm geraten: Wenn sie dich wieder ausquetschen, frag sie, was sie gegen dich in der Hand haben; verlange zu wissen, was sie dir vorwerfen.)

»Wir werfen Ihnen nichts vor, Mr. Gotham, wir vernehmen Sie.«

»Fragen können auch wie Anklagen klingen.«

»Ein Polizist ist erschossen worden.«

Und ihr unablässiges Bohren, warum er sich in Frankreich niedergelassen habe. Harvey erinnerte sich später:

»Mir gefiel das Haus«, sagte Harvey. »Ich habe eine Aufenthaltserlaubnis in Frankreich. Ich bin bei der Polizei ordnungsgemäß gemeldet.«

»Ihre Frau ist schon früher in Schwierigkeiten gewesen.«

»Ich weiß«, sagte Harvey.

»Lieben Sie Ihre Frau?«

»Das ist eine ziemlich persönliche Frage.«

»Für den erschossenen Polizisten war es auch eine persönliche Frage.«

»Ich weiß nicht –«, meinte Harvey gesprächsweise; er war plötzlich empört und wollte endlich wieder er selbst sein, seinen denkenden Verstand fest im Griff haben, sich nicht mehr zum Opfer machen lassen. »Manchmal weiß ich nicht... ich weiß wirklich nicht so recht, ob der Tod etwas Persönliches im selben Sinn ist wie Liebe. Unseres Wissens fühlen wir den Tod nicht. Äußerlich scheint er ein höchstpersönliches Phänomen zu sein. Aber ist der Tod nicht gerade die Negierung des Persönlichen und daher strenggenommen etwas Unpersönliches? Eine Leiche ist das Unpersönlichste, was ich mir vorstellen kann. Es sei denn, man glaubt an den Fortbestand der Persönlichkeit in ihrer irdisch erkennbaren Form, im Gegensatz zum Leben nach dem Tod, das etwas anderes ist. Viele glauben natürlich nicht an ein Leben nach dem Tod, aber –«

»*Pardon?* Wollen Sie damit sagen, daß der Tod eines unserer Leute belanglos sei?«

»Nein, ich bin nur auf eine Bemerkung von Ihnen eingegangen. Philosophisch. Ich habe gemeint –«

»Lassen Sie freundlicherweise das Philosophieren«, sagte Chatelain. »Hier ist dafür nicht der rechte Ort. Ich möchte wissen, wo Ihre Frau steckt. Wo ist Effie?«

»Ich weiß nicht, wo Madame Gotham ist.«

Und wieder:

»Ein Polizist wurde von der FLE-Bande ermordet. Zwei Männern und einer Frau, alle bewaffnet. Im achtzehnten Arrondissement von Paris.«

»Ich bedaure, daß ein Polizist erschossen wurde«, sagte Harvey. »Warum im achtzehnten Arrondissement?«

»Das wollen wir ja von Ihnen wissen«, sagte Chatelain.

»Ich habe keine Ahnung. Ich hätte gedacht, diese Terroristen agierten vorwiegend in beliebten Vororten.«

»War Ihre Frau je im achtzehnten Arrondissement, wissen Sie etwas darüber?«

»Natürlich«, sagte Harvey. »Wer war da noch nicht? Das ist schließlich Montmartre.«

»Haben Sie und Ihre Frau dort Freunde?«

»Ich habe dort Freunde, und meine Frau vermutlich auch.«

»Wer sind Ihre Freunde?«

»Das dürften Sie doch wissen. Ihre hiesigen Kollegen haben sich vorige Woche mein Adreßbuch vorgenommen und alle meine Freunde überprüft.«

Um die Nachmittagsmitte wurde Chatelain dann umgänglicher. Er begann aufzutauen, aber nur wie ein Kühlschrank, dem man den Strom abschaltet. Echte Wärme, dachte Harvey damals, macht nicht *tropf, tropf, tropf.* Und als er sich später in seinem Cottage die Szene vergegenwärtigte, dachte er: Und ich möchte wissen, warum er überhaupt von Anfang an ein Kühlschrank war.

»Glauben Sie nicht, daß ich nicht mit Ihnen fühle, Mr. Gotham«, sagte der entfrostende Chatelain. »Es kann kein schönes Gefühl sein, nicht zu wissen, wo seine Frau steckt.«

»Glauben Sie nicht, daß ich nicht mit Ihnen fühle«, sagte Harvey. »Ich weiß, daß Sie einen Ihrer Leute verloren haben. Das ist eine ernste Sache. Und ich habe, wie wohl jeder, alles Mitgefühl mit seiner Familie. Aber Sie liefern mir keinen Beweis dafür, daß meine Frau damit zu tun hat. Sie bieten mir nur ein Foto, das Sie aus einer Kassette auf meinem Tisch konfisziert haben.«

»Konfisziert...?« Der Mann blätterte in Harveys dicker Akte, die vor ihm auf dem Schreibtisch lag. »Ach ja. Sie haben recht. Die Polizei der Vogesen hat das Foto aus Ihrem Haus. Zeugen haben die Frau auf dem Foto als die Frau in der Bande identifiziert. Und sehen Sie mal – die Phantomzeichnung, hergestellt mit Hilfe von Augenzeugen eines Banküberfalls und eines Bombenanschlags auf einen Supermarkt, Tage bevor wir das Foto in die Hand bekamen. Sehen Sie sich's an – ist das nicht Ihre Frau?«

Harvey besah sich die Zeichnung.

»Als ich die zum erstenmal in der Zeitung sah, fand ich, daß sie Ruth, der Schwester meiner Frau, eher ähnlich sah als meiner Frau«, sagte er. »Da es sich aber unmöglich um Ruth handeln kann, will es mir noch unwahrscheinlicher vorkommen, daß es sich um Effie handelt.«

»Madame Gotham wurde in Triest verhaftet.«

Harvey blickte noch immer auf die Phantomzeichnung. Sie erinnerte ihn jetzt an Hiobs Frau auf La Tours Gemälde, obwohl die Zeichnung die Vorderansicht zeigte und das Gemälde ein Profil.

»Sie wurde wegen Ladendiebstahls verhaftet«, sagte Harvey.

»Warum hat sie das gemacht?«

Harvey legte die Zeichnung hin und widmete seine Aufmerksamkeit Chatelain. »Ich weiß nicht, ob sie es gemacht hat. Wenn ja, folgt daraus nicht, daß sie auch Bomben in Supermärkte wirft und auf Polizisten schießt.«

»Wenn ich an Ihrer Stelle wäre«, sagte Chatelain, »würde

ich wahrscheinlich auch so reden wie Sie. Aber wenn Sie an meiner Stelle wären, würden Sie auf einen Hinweis, irgendeinen Hinweis, eine Mutmaßung drängen, wo sie sein könnte. Ich mache Ihnen keine Vorwürfe dafür, daß Sie Ihre Frau in Schutz zu nehmen versuchen. Sehen Sie«, sagte er, indem er sich auf seinem Stuhl zurücklehnte und von Harvey fort zum Fenster sah, »ein Polizist ist erschossen worden. Seine Frau steht in einem Pariser Außenbezirk in einem Laden, neben ihr ihre zwölfjährige Tochter, die ein Transistorradio bei sich hat. Sie wartet an der Kasse, daß sie an die Reihe kommt. Das Kind macht sie auf eine Sondermeldung aufmerksam, für die soeben die Musik im Radio unterbrochen wurde. Ein Polizist sei im achtzehnten Arrondissement erschossen worden; der Name werde noch zurückgehalten, bis man die Familie benachrichtigt habe. Die Mörder, zwei Männer und eine Frau, seien entkommen. Die Terroristenorganisation FLE habe sich sofort telefonisch an die Presse gewandt und sich zu dem Verbrechen bekannt. Die Hauptpunkte der Meldung werden wiederholt: Polizist getötet, Ehemann und Vater zweier Töchter, vierzehn und zwölf Jahre alt. Nun macht diese Frau, die Frau des Polizisten, sich jedesmal Sorgen, wenn sie hört, daß ein Polizist getötet oder verwundet wurde. In diesem Fall trifft die Beschreibung beängstigend zu. Das achtzehnte Arrondissement, wo ihr Mann Dienst tut; das Alter ihrer Töchter. Sie eilt nach Hause, und vor ihrem Wohnblock steht ein Polizeiauto. Der Getötete ist tatsächlich ihr Mann. Hat sie das verdient?«

»Nein«, sagte Harvey. »Und der Polizist selbst auch nicht. Wir bekommen nie nach unsern Verdiensten. Das eine hat mit dem andern nichts zu tun. Die einzige Möglichkeit ist, zu verhindern, daß es noch einmal vorkommt.«

»Verlassen Sie sich auf uns«, sagte der Polizist.

»Wenn Sie mir die Bemerkung erlauben«, sagte Harvey, »Sie verschwenden Zeit und Mühe mit mir, die Sie sinnvoller auf dieses Ziel lenken könnten.«

»Jeder Hinweis, jede Mutmaßung...«, sagte Chatelain mit großer Geduld. Es war fast ein Flehen. »Kennen Sie in Paris viele Häuser, wo man sie antreffen könnte?«

»Keines«, sagte Harvey.

»Keine Freunde?«

»Die paar Leute mit Wohnung in Paris, die ich kenne, sind geschäftlich tätig, und zwar im großen, multinationalen Stil. Ich glaube kaum, daß sie die FLE lieben.«

»Ist Nathan Fox ein guter Haushälter?«

»Ich glaube, er kann im Haus ganz nützlich sein.«

»Er könnte in Paris einen Unterschlupf für die Bande bereithalten.«

»Ich sehe ihn nicht als einen Gangstertyp. Ehrlich gesagt, ich glaube nicht, daß er mit drinhängt.«

»Aber Ihre Frau... Sie ist anders?«

»Das habe ich nicht gesagt.«

»Und Sie selbst?«

»Was soll mit mir sein? Was soll die Frage bedeuten?« fragte Harvey.

»Haben Sie Verbindungen zu der Bande?«

»Nein.«

»Warum hatten Sie schon im Frühling vor Ihrem Cottage Babywäsche auf der Leine hängen?« fragte Chatelain als nächstes.

Gegen sieben Uhr abends war Harvey eine Pause vergönnt. Er wurde von dem großen jungen Pariser Inspektor mit der Goldrandbrille, Pomfret mit Namen, zum Essen in eine Cafeteria begleitet.

Pomfret sprach ein sogenannt perfektes Englisch – dieses schreckliche perfekte Englisch, das über Radio Moskau kommt. Er sagte etwas Entschuldigendes, für die Polizei irgendwie Herabsetzendes. Harvey konnte sich hinterher nicht mehr an die genauen Worte erinnern, aber er erinnerte sich, daß Pomfret auf dem Weg zu der Cafeteria auch gesagt hatte: »Sie müssen verstehen, daß einer ihrer Leute umgebracht worden ist.« (»Ihrer« Leute, nicht »unserer« Leute, das war Harvey aufgefallen.)

In der Cafeteria sagte der Polizist am Tisch zu Harvey: »In Paris ist eine Dame aus Kanada angekommen und hat versucht, Sie telefonisch zu erreichen. Wir haben sie abgefangen. Es ist Ihre Tante. Wir haben sie sicher zum Château geleitet, denn da wollte sie unbedingt hin.«

»Mein Gott, das ist Tante Pet. Machen Sie ihr keine Scherereien.«

»Aber nicht doch.«

Wenn du denkst, daß ich dir für all deine Höflichkeit dankbar bin, irrst du dich, dachte Harvey. Er sagte: »Das möchte ich auch nicht hoffen.«

Der Polizist meinte: »Ich fürchte, das Essen ist hier grauenhaft.«

»Die machen eine gute Omelette. Ich habe hier schon gegessen«, sagte Harvey. Schinkenomelette und Vogesenwein.

»Es ist unerfreulich für Sie, Gotham«, sagte Pomfret, »aber ich hoffe, Sie verstehen unsere Lage.«

»Sie möchten diese Mitglieder der FLE zu fassen bekommen, bevor sie mehr Schaden anrichten.«

»O ja. Und das werden wir natürlich auch. Nachdem jetzt ein Angehöriger der Polizei ermordet wurde... Sie sehen, seine Frau war gerade zum Einkauf in einem Supermarkt, mit ihrem zwölfjährigen Sohn, der ein Transistorradio bei sich hatte. Sie interessierte sich nicht für das Programm. Auf einmal sagte der Junge –«

»Wissen Sie genau, daß es ein Junge war?« fragte Harvey.

»Es war ein Mädchen. Woher wissen Sie das?«

»Ihr Kollege hat mir die Szene eingehend geschildert.«

»Sie sind ein guter Beobachter«, sagte Pomfret mit liebenswürdigem Lächeln.

»Natürlich höre ich bei so etwas gut zu«, sagte Harvey. »Ich hänge förmlich an Ihren Lippen.«

»Warum?«

»Um zu hören, ob Sie irgendeinen Beweis dafür haben, daß meine Frau mit einer Terroristenbande zu tun hat.«

»Wir haben einen Haftbefehl für sie«, sagte Pomfret.

»Das ist noch kein Beweis.«

»Weiß ich. Aber Haftbefehle werden nicht ohne Grund ausgestellt. Ihre Frau wurde in Triest verhaftet. Sie hat dort mit Bestimmtheit mit Leuten zusammengewohnt, die später als FLE-Mitglieder identifiziert wurden. Wenn dazu das Polizeifoto, das bei der Gelegenheit gemacht wurde, dem Foto bemerkenswert ähnlich sieht, das wir von Ihnen haben, und auch der Phantomzeichnung, die nach Angaben von Augenzeugen der Bombenanschläge und Überfälle hier in Frankreich angefertigt wurde, nennen wir das hinreichende Verdachtsmomente gegen Ihre Frau.«

»Ich möchte das Triester Foto gern mal sehen«, sagte Harvey. »Warum hat man mir das noch nicht gezeigt?«

»Sie ermitteln ja nicht in diesem Fall. Aber wir.«

»Ich interessiere mich aber für ihren Verbleib«, sagte Harvey. »Wie sieht denn dieses Foto der Triester Polizei aus?«

»Es ist ein gewöhnliches Foto, wie es von Verhafteten routinemäßig gemacht wird. Platt und nichtssagend, wie ein Paßbild. Es sieht Ihrer Frau ähnlich. Für Sie ist es ohne Belang.«

»Warum hat man es mir nicht gezeigt, mir nichts davon gesagt?«

»Ich denke schon, daß Sie es sehen dürfen, wenn Sie wollen.«

»Ihre Leute im Kommissariat glauben mir offensichtlich nicht, wenn ich sage, daß ich nicht weiß, wo Effie ist.«

»Nun, ich nehme an, deswegen hat man Sie vernommen. Sie wurden ja nie offiziell eingeladen.«

»Vorgeladen«, verbesserte Harvey ihn.

»Vorgeladen. Entschuldigung.«

»Miserabler Wein«, sagte Harvey.

»So etwas bekommt man eben in billigen Cafeterias«, meinte Pomfret.

»Als ich voriges Mal hier aß, hatten sie besseren«, sagte Harvey. »Sehen Sie mal, alles, was Sie haben, ist eine in Frankreich angefertigte Phantomzeichnung, die zwei Fotos von meiner Frau ähnlich sieht.«

»Und die Adresse, an der sie in Triest gewohnt hat. Die ist das Wichtigste überhaupt.«

»Sie hat die Neigung, sich mit unkonventionellen Leuten abzugeben«, sagte Harvey.

»Offensichtlich, da sie mit Ihnen verheiratet ist.«

»Ach, wissen Sie«, sagte Harvey, »ich bin ziemlich konventionell, ob Sie es glauben oder nicht.«

»Ich glaube es natürlich nicht.«

»Warum nicht?«

»Die Art, wie Sie in Frankreich leben. Für einen wohlhabenden Mann ist es wenig konventionell, sich in ein Cottage zurückzuziehen und das Buch Hiob zu studieren.«

»Hiob war ein wohlhabender Mann. Er saß in der Asche. Manche sagen, auf einem Misthaufen vor der Stadt. Er war sehr konventionell. So sehr, daß Gott seiner überdrüssig war.«

»Stammt das aus der Bibel?« fragte der Polizist.

»Nein, von mir.«

»Das haben Sie sogar schriftlich formuliert. Man hat Ihr Manuskript nämlich fotokopiert.«

»Dagegen erhebe ich Einspruch. Dazu hatten Sie kein Recht.«

»Kann schon sein, daß sie kein Recht dazu hatten. Warum haben Sie eigentlich nie einen Anwalt herbeigezogen?«

»Wozu?«

»Richtig. Aber das wäre die konventionelle Reaktion gewesen.«

»Dann sind Sie jetzt hoffentlich beeindruckt«, sagte Harvey. »Sehen Sie, wenn ich an einem Filmdrehbuch oder einem pornographischen Roman arbeitete, würden Sie es gar nicht so merkwürdig finden, daß ich mir zum Arbeiten so ein abgelegenes Plätzchen suche. Sie können nur nicht verstehen, daß ich dem Thema Hiob meine Zeit widme.«

»Mehr oder weniger. Ich glaube fast, Sie wollten versuchen, sich selbst in Hiobs Lage zu versetzen. Stimmt das?«

»Man kann keinen Essay über Hiob schreiben, wenn man in einem Riesenpark am Swimmingpool sitzt, mit allem Drum und Dran. Aber ich könnte über das Thema ebensogut in einem ruhigen Appartement in irgendeiner Stadt schreiben. Ich bin in diese Gegend gekommen, weil ich hier zufällig dieses Cottage gefunden hatte. Hier in Epinal hängt ein Gemälde von Hiob und seiner Frau, das es mir angetan hat. Sie sollten es sich einmal ansehen.«

»Sollte ich«, sagte Pomfret, »und werde ich.«

»Hiobs Frau sieht meiner Frau bemerkenswert ähnlich. Das Bild wurde Mitte des siebzehnten Jahrhunderts gemalt, also kann es nicht Effie sein, falls Sie das jetzt denken.«

»Wir sprachen von Hiob, nicht von Madame Effie.«

»Wozu werde ich dann auch hier noch von Ihnen verhört?« fragte Harvey.

Pomfret blieb gutmütig. Er sagte sinngemäß, sie äßen hier nur zu Abend und unterhielten sich, und das sei kein Verhör. »Was mich betrifft, mich interessiert das wirklich«, sagte er. »Sie sind auf sich allein gestellt wie Hiob. Aber Sie haben Ihre Güter und Ihr Vermögen nicht verloren. Oder besteht da eine Möglichkeit?«

»Nein, aber ich komme hier so gut wie ohne sie aus. Noch besser, bevor ich das Château übernahm.«

»Ach ja, das Château hatte ich ganz vergessen. Ich habe nur das Cottage gesehen, von außen. Es sieht heruntergekommen genug aus.«

»Hiob haben die Schwären zu schaffen gemacht.«

»*Pardon.* Schwären?«

»Schwären. Geschwüre. Er hatte sie am ganzen Leib.«

»Ach ja, stimmt. Haben Sie nicht, wie Hiob, das Bedürfnis, mit Freunden über Ihren derzeitigen Kummer zu reden?«

»Eine Lehre aus dem Buch Hiob«, sagte Harvey, »ist die, daß Freundschaften einem in der Not nichts nützen. Das gilt vielleicht nicht für Freunde, aber für Freundschaften. Freunde meinen es gut oder tun so als ob. Aber Freundschaft selbst ist etwas für gute Zeiten, nicht für schlechte.«

»Ist Ihre Tante Ihnen eine Freundin?«

»Meine Tante Pet, von der Sie gesagt haben, sie sei im Château eingetroffen? Ich nehme an, sie sieht sich selbst so. Es ist ziemlich lästig, daß sie gerade jetzt kommt. Aber das ist es eigentlich immer. – Sie finden also nicht, daß dies ein Verhör ist, nein? Weitere Fragen?«

»Möchten Sie Käse?«

Harvey konnte nicht umhin, den jungen Mann nett zu finden, natürlich mit der Einschränkung, daß die Polizei ihn eigens geschickt hatte, damit er ihn nett fand. Versuch du mich nur weichzukriegen, soviel du willst, dachte Harvey, es nützt dir doch nichts; es gibt nur meiner Liebe, meinem Heimweh nach Effie neuen Auftrieb. Und er tat seinen Mund auf und sang Effies Lob, schilderte zu seiner eigenen Verwunderung, wie lustig sie auf Partys war, wie gut sie tanzte und wieviel Spaß es machte, sich mit ihr zu unterhalten. »Effie ist eine interessante Frau.«

»Intellektuell?«

»Wir sind alle intellektueller, als wir glauben. Sie selbst sieht sich nicht als den Typ einer Intellektuellen. Aber unter entsprechender Anregung ist sie eine.«

Sie waren auf dem Rückweg zum Kommissariat. Harvey war halb geneigt, nach Hause zu fahren und sie mit einer offiziellen Vorladung kommen zu lassen, wenn sie wollten. Aber er war es eben nur halb; zur andern Hälfte, die wie hypnotisiert war und jetzt nur noch um Effie kreiste, trieb ihn mit seinem Begleiter zum Kommissariat zurück.

»Sie dürfte wohl auch schon Drogen probiert haben«, sagte Pomfret.

»Das sollten Sie nicht denken«, sagte Harvey. »Effie lehnt

Drogen strikt ab. Es wäre gar nicht ihre Art, wenn sie sich in den letzten zwei Jahren auf Drogen verlegt hätte.«

»Sie müssen aber zugeben«, sagte Pomfret, »daß sie lebhaft und vital genug wäre, um Mitglied einer Terroristenbande zu sein.«

»Lebhaft und vital«, sagte Harvey, »lebhaft und vital – eines dieser beiden Wörter ist zuviel.«

Pomfret lachte.

»Jedenfalls«, sagte Harvey, »ist es völlig undenkbar, daß sie eine Terroristin sein könnte.« Er hatte den Verdacht, daß Pomfret jetzt von den Bildern, die Harvey ihm von Effie hatte malen können, ehrlich fasziniert war: Effie auf Partys, Effie als interessante Gesprächspartnerin, als Frau eines reichen Mannes; seine Phantasie war über die Ermittlung hinaus mit der Funktionsweise des reichen Mannes beschäftigt, seinem freien intellektuellen Willen, seinen Möglichkeiten, im Vorübergehen ein Château zu kaufen; Pomfret war fasziniert, von Effie wie von Harvey.

»Eine Terroristin«, sagte Pomfret. »Offenbar hat sie ein idealistisches Motiv. Sie haben sie verlassen, warum?«

Der Gedanke an Effie als Mitglied einer Terroristenbande erregte Harvey jetzt sexuell.

»Terroristin steht völlig außer Frage«, sagte er. »Ich habe sie verlassen, weil sie offensichtlich ihren eigenen Weg gehen wollte. Die Ehe ist einfach in die Brüche gegangen. So etwas kommt vor.«

»Aber gesetzt den Fall, was hätten Sie für ein Gefühl, wenn Sie wüßten, daß sie eine Terroristin wäre?«

Harvey dachte: Ich hätte das Gefühl, sie im Kampf im Stich gelassen zu haben. Das habe ich ja auch. Er sagte: »Ich kann es mir nicht vorstellen.«

Auf dem Kommissariat ließ Pomfret ihn in einem Wartezimmer allein. Dort saß geduldig ein Mann mit hagerem Gesicht und dunkler Haut, die ein schmutziges Grau angenommen hatte, hellen kleinen Augen und feingeschnittenem Gesicht. Vom Balkan, wie es schien. Was tat er hier? Es war schon Abend, nach neun. Wegen seiner Papiere wäre er sicher morgens gekommen. Vielleicht hatte man ihn ohne Papiere aufgegriffen? Was für einer Arbeit ging er hier in Epinal nach? Er trug einen abgewetzten schwarzen Anzug, ein sehr weißes Hemd mit offenem Kragen, braune, sehr spitze Schuhe und hatte eine Aktentasche aus Pappkarton mit blechernen Verschlüssen bei sich; Harvey hatte bisher erst einmal, in einer abgelegenen Gegend Siziliens, einen Koffer aus solchen Materialien gesehen, in einem Zug. Dieser Koffer hatte alt und verschlissen ausgesehen, aber die Tasche seines hiesigen Gefährten hatte etwas Nagelneues an sich. Harvey machte nicht zum erstenmal die Beobachtung, daß arme Leute aus östlichen Ländern den früheren Armen Westeuropas ähnelten, nicht nur hinsichtlich ihrer Habseligkeiten und Bekleidung, sondern auch in der Haltung und im Gesichtsausdruck. Wer der Mann war, woher er kam und warum, sollte Harvey nie erfahren, denn gerade als er etwas sagen wollte, ging die Tür auf, und ein Polizist rief den andern mit einer Kopfbewegung heraus. Er folgte ihm mit nervösem Eifer, und schon ging die Tür vor Harveys Nase wieder zu. Geduldig, blaß, zutiefst verängstigt: Da geht einer, der leidet, dachte Harvey. Und ich fand ihn interessant. Müssen wir erst erkennen, wie flach die Welt ohne die Leiden anderer wäre, um zu wissen, wie unerträglich befriedet unser eigenes Leben ohne Leiden wäre? Leide ich Effies wegen? Ja, und vielleicht kann ich durch diese Erfahrung leben. Wir alle brauchen etwas, woran wir leiden können. Aber Hiob, meine Arbeit über Hiob, abrupt gestört und liegengeblieben, ausgeforscht und behindert: auch das ist Erfahrung; unmittelbare, nicht nachempfundene Erfahrung, wie man oft meint. Studieren und denken heißt leben und Schmerzen leiden.

Hatte Effie wirklich den Polizisten in Paris, dessen Frau in dem Moment irgendwo in einem Vorort einkaufte, erschossen oder an seiner Erschießung mitgewirkt? Seit seiner Rückkehr vom Kommissariat am Samstagabend hatte Harvey sich wieder und wieder dazu gezwungen, sich die Szene auszumalen: Zwischenfall in einem Warenhaus; die Polizei kommt; es fallen Schüsse; Effie und ihre Freunde schießen sich den Weg zu ihrem Fluchtauto frei (mit Nathan Fox am Steuer?). Effie, geschmeidig und langbeinig, eine überaus begehrenswerte und intelligente Frau, hebt ungerührt die Pistole, zielt gut. Sie drückt ab und ist im selben Moment auf und davon. O doch, er konnte sich Effie in dieser Szene vorstellen; sie war dazu fähig, zu allem fähig.

»Würden Sie bitte hierher mitkommen, Mr. Gotham?«

Auf Chatelains Schreibtisch lag ein dicker Aktenstapel.

Den Rest des Abends hatte Harvey als eine Art Antrittsappell aller seiner Besucher der letzten Monate in Erinnerung; es war ein Gefühl, wie wenn früher der Dorfpolizist seine Runde machte und jedes Namensschild, jede Türklinke mit seiner Taschenlampe ableuchtete; ein Name nach dem andern, jeder umgeben von einem Nimbus bohrenden Argwohns, wenn jede noch so simple Handlung seiner Freunde, ihr ganz normales Kommen und Gehen in Frage gestellt wurde. Eigenartig, wie schuldbeladen das alles unter der Taschenlampe des Polizisten wirkte, wie es hier auf dem Polizeikommissariat klang. Chatelain fragte Harvey, ob er etwas dagegen einzuwenden habe, wenn das Gespräch auf Tonband mitgeschnitten werde.

»Nein, das ist gut so. Ich wollte es gerade selbst vorschlagen. Dann brauchen Sie Ihre Zeit nicht damit zu vertun, daß Sie mir immer wieder dieselben Fragen stellen.«

Chatelain lächelte traurig. »Wir müssen prüfen.« Dann zog er einen der Aktenordner heraus und legte ihn vor sich hin.

»Edward Jansen«, sagte er, »hat Sie besucht.«

»Ja. Er ist mit der Schwester meiner Frau verheiratet, mit Ruth, von der er jetzt getrennt lebt. Er war letzten April hier.«

Chatelain lächelte matt und sagte: »Ihre Nachbarn scheinen sich an ein verdächtig aussehendes Subjekt zu erinnern, das voriges Frühjahr bei Ihnen zu Besuch war.«

»Ja, das wird Edward Jansen gewesen sein. Er hat rote Haare, bis auf die Schultern. Oder hatte. Er ist Schauspieler und inzwischen berühmt. Durch die Ehe mit der Schwester meiner Frau ist er mein Schwager, aber jetzt lebt er von seiner Frau getrennt. Es kann viel passieren in einem knappen Jahr.«

»Er hat Sie gefragt, warum auf der Leine Babywäsche hing?«

»Ich weiß nicht mehr, ob er das direkt gefragt hat, aber irgendeine Bemerkung hat er darüber gemacht, denn wie Sie wissen, habe ich darauf geantwortet: ›Die Polizei schießt nicht so schnell, wenn ein Baby im Haus ist.‹«

»Warum haben Sie das gesagt?«

»Das kann ich Ihnen nicht genau sagen. Ich hatte nicht damit gerechnet, daß ich je mit der Polizei zu tun bekommen würde, sonst hätte ich es bestimmt nicht gesagt.«

»War es also ein Scherz?«

»So ähnlich.«

»Hören Sie ab und zu noch von Edward Jansen?« Chatelain klappte eine der Akten auf.

»Jetzt schon seit geraumer Zeit nicht mehr.«

Chatelain blätterte die Akte durch.

»Zu Hause erwartet Sie ein Brief von ihm.«

»Danke. Sie können mir sicher sagen, was drinsteht.«

»Nein.«

»Das kann man so oder so verstehen.«

»Nun gut, Sie dürfen es so verstehen, daß wir ihn nicht geöffnet haben. Der Absender steht außen auf dem Umschlag. Zufällig wissen wir einiges über Mr. Jansen, und er interessiert uns im Moment nicht. Er ist auch schon vernommen worden.« Chatelain schloß die Akte, anscheinend Edwards Dossier; verglichen mit ein paar andern war es ziemlich dünn. Chatelain nahm eine andere und öffnete sie, wie um jetzt das Thema zu wechseln. Dann: »Worüber haben Sie vorigen April mit Edward Jansen gesprochen?«

»Das weiß ich nicht mehr. Ich weiß, daß Ruth, seine Frau, mich unbedingt veranlassen wollte, eine Scheidungsregelung mit meiner Frau zu vereinbaren. Ich bin aber sicher, daß wir darüber kaum gesprochen haben, denn ich hatte nicht die Absicht, meiner Frau in diesem Punkt zu Willen zu sein. Ich weiß noch, daß wir über das Buch Hiob gesprochen haben.«

»Und Ruth Jansen. Haben Sie sie zu sich eingeladen?«

»Nein, sie kam gegen Ende August mit dem Töchterchen ihrer Schwester, ganz unerwartet.«

»Warum ist sie gekommen?«

»August ist für alle ein langweiliger Monat.«

»Bleiben Sie bitte ernst, Mr. Gotham.«

»Es ist ein ebenso guter Grund wie jeder andere. Ich kann die Motive einer Frau nicht analysieren, die sie wahrscheinlich selbst nicht analysieren kann.«

Chatelain klopfte auf die Akte. »Sie sagt hier, sie habe das Baby in der Hoffnung zu Ihnen gebracht, daß Sie es auch gut für das Kind fänden, wenn Sie der Mutter, also Ihrer Frau Effie, eine ordentliche Summe zur Verfügung stellten.«

»Wenn Ruth das gesagt hat, wird es wohl so sein.«

»Sie gleicht Ihrer Frau sehr.«

»Ja, wie aus dem Gesicht geschnitten. Aber für jemanden, der sie kennt, sehen die beiden natürlich sehr verschieden aus. In Wirklichkeit ist Effie schöner. Und weniger praktisch als Ruth.«

Pomfret trat ein und setzte sich. Er war in Gegenwart des anderen Beamten nicht mehr so locker. Er inspizierte das Tonbandgerät, wie um sich zu vergewissern, daß alles damit in Ordnung war.

»Dann hatten Sie also ein Verhältnis mit Mrs. Jansen.«

»Ja.«

»Die Ihre Schwägerin und die Frau Ihres Freundes war.«

»Ja, ich habe Ruth lieben gelernt. Vor allem das Baby hatte es mir angetan. Natürlich waren Ruth und Edward um die Zeit schon getrennt.«

»In Ihren Kreisen geht alles sehr schnell.«

»Nun, ich denke, daß die Trennung sich schon seit einiger Zeit angebahnt hatte. Haben diese Fragen etwas Bestimmtes zu bedeuten?«

»Nichts Besonderes. Wir wollen nur Ihre Aussagen mit denen der Betroffenen in England vergleichen. Wirkte Ruth überrascht, als sie erfuhr, daß Effie in terroristische Anschläge verwickelt ist?«

Was waren das für Aussagen von Ruth, von Edward, von andern? Harvey sagte vorsichtig, aber mit fester Stimme: »Sie hatte große Angst vor der Polizei, die da so plötzlich in unser Leben eindrang. Es kam so völlig unerwartet. Das konnte sie ihrer Schwester so wenig übelnehmen, wie sie ihr ein Erdbeben hätte übelnehmen können. Mir geht es ganz genauso.«

»Sie hat ihre Schwester nicht in Schutz genommen?«

»Sie hatte es nicht nötig, Effie vor mir in Schutz zu nehmen. Nicht ich werfe Effie ja vor, eine Terroristin zu sein. Ich bleibe dabei, daß es ein Irrtum sein muß.«

»Nun zu Nathan Fox.« Der Beamte griff nach einer neuen Akte. »Was wissen Sie über ihn?«

»Nicht sehr viel. Er hat sich bei Ruth und Edward im Haus nützlich gemacht, als sie in London wohnten. Er hat studiert, findet aber keine Arbeit. Hierher in mein Haus ist er nur gekommen, um Ruth und das Baby zu Weihnachten zu besuchen.«

»Ist er ein Freund Ihrer Frau?«

»Er kennt sie natürlich.«

»Ist er ein schwacher Charakter?«

»Nein, ich finde eigentlich sogar, es zeigt eine gewisse Charakterstärke, daß er sich nicht gescheut hat, Hausarbeit zu übernehmen, solange er nichts anderes fand. Er hat ein abgeschlossenes Studium an einer englischen Universität, aber ich weiß nicht, an welcher.«

»Was pflegt er für Umgang? Frauen oder Männer?«

»Darüber weiß ich nichts.«

»Warum ist er aus Ihrem Haus verschwunden?«

»Ich weiß nicht. Er ist gegangen. Junge Leute tun das.«

»Er hat einen Anruf bekommen und ist über Nacht verschwunden, ohne sich zu verabschieden.«

»Ich glaube, ja«, sagte Harvey.

»Er hat angegeben, der Anruf sei aus London gekommen. Das stimmte aber nicht.«

»Ich hab's gehört. An diesem Abend habe ich in meinem Cottage gearbeitet. Sie müssen nämlich wissen, daß ich zu tun habe und Ihre Fragen und diese ganzen Akten mich gar nichts angehen. Und hierher bin ich nur mitgekommen, um Ihnen zu helfen, jemanden von einem Verdacht zu befreien, nämlich meine Frau.«

»Sie haben aber keine Ahnung, warum er gesagt hat, er habe einen Anruf aus London bekommen, obwohl das nicht stimmte. Es muß ein Inlandsgespräch gewesen sein.«

»Vielleicht ist irgendeine Freundin von ihm in Frankreich aufgekreuzt, vielleicht in Paris, und hat ihn angerufen; da ist er losgezogen.«

»Freundin oder Freund?«

»Da bin ich überfragt. Wenn ich von ihm höre, werde ich ihn bitten, sich bei Ihnen zu melden. Vielleicht liegt er mit einer Grippe im Bett.«

Jetzt sprach Pomfret. »Wie kommen Sie darauf?« Auf französisch war er entschieden weniger freundlich.

»Es kommt nun einmal vor, daß jemand an Grippe erkrankt. Dann legt er sich ins Bett. Es ist gerade die richtige Jahreszeit dafür. Vielleicht ist er auch nach England zurückgefahren, um eine Fensterreinigungsfirma aufzumachen. Ich meine, ich hätte ihn einmal mit diesem Gedanken spielen hören. Fensterputzer werden ja immer gebraucht.«

»Sonst noch etwas?« fragte Chatelain.

»Es gibt so viele Möglichkeiten, wo Nathan Fox abgeblieben sein kann, daß ich die ganze Nacht darüber reden könnte und immer noch nicht fertig wäre.«

»Würde er sich Ihrer Frau anschließen, wenn sie es von ihm verlangte?«

Harvey überlegte. »Auch das ist eine Möglichkeit; eine von Millionen.«

»Was hat er für politische Ansichten?«

»Weiß ich nicht. Er hat mit mir nie über Politik gesprochen.«

»Hat er Sie um Geld gebeten?«

»Nach Weihnachten hat er mich um seinen Lohn gebeten. Ich habe ihm gesagt, daß Ruth das Haushaltsgeld hat und die Bücher führt.«

»Dann hat Mrs. Jansen ihm Geld gegeben?«

»Ich kann nur annehmen«, sagte Harvey, »daß sie ihn für seine Hilfe bezahlt hat. Aber ich weiß es wirklich nicht.«

»Halten Sie Ruth Jansen für eine berechnende Frau? Sie hat ihren Mann verlassen, ist mit dem Baby zu Ihnen gekommen, hat Sie dazu gebracht, das Château zu kaufen –«

»Sie wollte das Château wegen eines Baums vor dem Haus haben, mit einem bestimmten Vogel – wie sagen Sie für ›Specht‹?« – wandte Harvey sich auf englisch an Pomfret.

Pomfret kannte das Wort nicht.

»Er gibt Töne von sich wie eine Schreibmaschine – er hämmert an dem Baum vor dem Haus herum.«

»Pic«, sagte Pomfret.

»Also, dieses Geräusch gefällt ihr«, sagte Harvey.

»Und Sie sagen, daß Sie darum das Château gekauft haben?«

»Ich hatte sowieso schon vor, es zu kaufen. Und nachdem nun Ruth und das Baby da waren, kam es mir gerade recht.«

»Ernest L. Howe«, sagte Chatelain. »Er hat Sie hier besucht, nicht wahr?«

»Ja, irgendwann im letzten Herbst. Er wollte sein Töchterchen sehen. Und Ruth sollte mit ihm nach London gehen und mit dem Baby bei ihm leben. Was sie ja jetzt auch tut. Sehen Sie, er fragt nicht danach, was für das Kind das Beste ist; er fragt nur danach, was für ihn das Angenehmste ist. Um seinen verletzten Stolz zu trösten, weil Effie ihn verlassen hat – was ich ihr nicht verdenken kann –, hat er ihre Schwester überredet, zu ihm zu ziehen, und das Baby dazu als Vorwand benutzt. Eine Schande ist das.«

Harvey war sich darüber klar, daß die beiden Männer die Veränderung in seinem Ton bemerkt hatten, daß er sich gehenließ. Es war ihm egal. Weder er noch Effie hatten etwas dadurch zu verlieren, daß er über das Thema Ernie Howe frei von der Leber weg redete. Er war es müde, gegenüber Effies Liebhaber eine sogenannte zivilisierte Haltung an den Tag zu legen. Er war des Verhörs müde. Er war überhaupt müde und hätte gern mal eine Nacht durchgeschlafen. So gönnte er sich und seinen Befragern ganz bewußt den Luxus seiner wahren Meinung über Ernie.

»Möchten Sie etwas trinken?« fragte Pomfret.

»Einen doppelten Scotch und ein Glas Wasser«, sagte Harvey. »Das Wasser tue ich mir lieber selbst hinein.«

Chatelain wollte das gleiche haben. Pomfret ging, das Gewünschte zu bestellen. Chatelain legte ein neues Tonband ein, während Harvey weiter über Ernie sprach.

»Muß ein schönes Miststück sein«, meinte Chatelain. »Lassen Sie mich Ihnen im Vertrauen sagen, daß er mir von seiner Aussage her, die hier vor mir liegt, auch so vorkommt. Er hat ohne Wenn und Aber gesagt, es wundere ihn nicht, daß Effie eine Terroristin sei, und außerdem wüßten Sie darüber Bescheid.«

»Er ist wütend, daß Effie ihn verlassen hat«, sagte Harvey. »Er hatte wohl geglaubt, sie bekomme von mir eine hohe Abfindung, von der er sich bis ans Ende seiner Tage ein schönes Leben hätte machen können. Ich bin sicher, sie hat gemerkt, worauf er aus war, und ihn darum verlassen.«

Pomfret kam zurück, von einem Polizisten gefolgt, der das Tablett mit den Getränken trug. Es war eine regelrechte Party. Harvey fühlte sich entspannter.

»Jedenfalls bin ich davon überzeugt«, sagte er und wiederholte für Pomfret seine letzten Bemerkungen.

»Alles in allem paßt das zu seinem Charakter, aber er hat uns weitergeholfen«, sagte Chatelain, und dann zu Pomfret: »Ich habe Monsieur Gotham gesagt, was Ernest Howe über Effie Gotham ausgesagt hat.«

Und was Chatelain über Ernies Einlassungen gesagt hatte, schien zu stimmen, denn Pomfret bestätigte es spontan: »Ja, ich muß leider sagen, er war da nicht sehr ritterlich. Er ist überzeugt, daß sie eine Terroristin ist und Sie es wissen.«

»Wann haben Sie diese Aussagen bekommen?« fragte Harvey.

»Vor kurzem. Die von Ernest Howe wurde uns am Sonntag von Scotland Yard übermittelt.«

»Scotland Yard hilft Ihnen?«

»Ein bißchen«, sagte Chatelain mit einer wegwerfenden Handbewegung.

Knetete nun er die Beamten weich, oder sie ihn?

»Es würde mich interessieren«, sagte Harvey, »einmal das Foto zu sehen, das die Triester Polizei von meiner Frau gemacht hat, als sie wegen Ladendiebstahls verhaftet wurde.«

»Das dürfen Sie natürlich. Aber das Bild wird nicht an die Zeitungen verteilt. Es war uns nützlich bei der Identifizierung durch Augenzeugen. Sie werden sehen, daß es zu starr wirkt – wie alle Polizeifotos –, um es der Öffentlichkeit als die Frau zu präsentieren, die wir suchen. Bei ihren terroristischen Aktionen sehen sie immer anders aus.« Er wandte sich an Pomfret. »Können Sie das Triester Foto mal raussuchen?«

Pomfret fand es. Die Frau auf dem Bild blickte vor einem einfachen weißen Hintergrund mit erhobenem Kopf starr vor sich hin. Ihr Haar wirkte dunkler als Effies Haar in Natur, aber das konnte vom Blitzlicht kommen. Es glich Effie, einer gestreßten oder eher noch verängstigten Effie.

»Ich sehe darauf eine junge Ladendiebin, die von der Polizei geschnappt wurde«, sagte Harvey.

»Soll das heißen, es ist nicht Ihre Frau?« fragte Pomfret. »Sie hat sich Signora Effie Gotham genannt. Ist sie es nicht?«

»Ich glaube, es ist meine Frau. Ich finde nur nicht, daß es wie das Bild einer hartgesottenen Mörderin aussieht.«

»In ein paar Monaten kann viel passieren«, sagte Chatelain. »Mit dieser jungen Frau ist sehr viel passiert. In Aktion nennt sie sich natürlich nicht Effie Gotham. Da heißt sie Marion.«

Inzwischen hatte Pomfret das Foto, das die Polizei in Harveys Cottage gefunden hatte, aus seinen Unterlagen genommen. »Das sollten Sie wiederbekommen«, sagte er. »Es gehört Ihnen.«

»Danke. Sie haben natürlich Kopien davon gemacht. Dieses Foto sehe ich in jeder Zeitung, die ich aufschlage.«

»Es ist die gesuchte Frau. In diesem Bild ist Bewegung, Leben.«

»Ich finde, Sie sollten auch das Triester Polizeifoto veröffentlichen«, sagte Harvey. »Nur aus Fairneß. Beide sind Effie. Die Öffentlichkeit wäre dann vielleicht nicht so voreingenommen.«

»Ach was, die Öffentlichkeit unterscheidet nicht so fein.«

»Warum veröffentlichen Sie dann nicht das Triester Foto?«

»Es ist Eigentum der italienischen Polizei. Für die ist die abgebildete Frau eine Kleptomanin, die in ärztliche Behandlung gehört. Die Behandlung wurde in die Wege geleitet, aber sie hat sich darum gedrückt, wie alle.«

»Ich denke, sie hat gesessen.«

»Sie wurde zu zwei Wochen verurteilt. Das heißt noch nicht, daß sie sitzen mußte. Es war zwar nicht ihr erstes Delikt, aber sie war trotzdem nur drei Tage im Gefängnis. Sie hat in eine Behandlung eingewilligt. Darauf sollte sie sich täglich bei der Polizei melden, aber natürlich –«

»Hören Sie«, sagte Harvey, »meine Frau leidet an einer Krankheit, Kleptomanie, und muß in Behandlung. Sie jagen sie als Terroristin, die sie nicht ist. Effie könnte niemanden umbringen.«

»Warum haben Sie Ihre Frau an der *autostrada* verlassen?« fragte Pomfret. »Weil sie eine Tafel Schokolade gestohlen hatte? Wenn ja, warum haben Sie ihr statt dessen nicht beigestanden und dafür gesorgt, daß sie in Behandlung kam?«

»Die Geschichte hat sie wahrscheinlich Ernie Howe erzählt und er dann Ihnen.«

»Richtig«, sagte Chatelain.

»Also, wenn die Tafel Schokolade mir so wichtig gewesen wäre, hätte ich ihr beigestanden. Ich habe sie aber nicht wegen einer Tafel Schokolade verlassen. Um genau zu sein, es waren zwei Tafeln.«

»Warum haben Sie sie also verlassen?«

»Aus persönlichen Gründen. Die Unvereinbarkeiten häuften sich. Aber eine Tafel Schokolade ist noch kein toter Polizist.«

»Das wissen wir«, sagte Chatelain. »Das wissen wir nur zu gut. Wir sind nicht so dumm, eine Ladendiebin mit einer gefährlichen Mörderin zu verwechseln.«

»Aber warum«, fragte Pomfret, »haben Sie Ihre Frau denn nun verlassen? Wir glauben die Antwort zu kennen. Sie ist gar keine Kleptomanin. Keineswegs. Sie hat aus ideologischen Gründen gestohlen, eine billige Geste. Proletarische Wiederaneignung nennen die das. Sie müssen in Ihrer Frau die Anlage zur Terroristin schon erkannt haben. Und bei diesem läppischen Anlaß konnten Sie es plötzlich nicht mehr ertragen. So geht das oft.«

»Ich will Ihnen einmal etwas sagen«, sagte Harvey. »Wenn ich sie für eine angehende Terroristin gehalten hätte, wäre ich nicht von ihr weggegangen, sondern hätte versucht, sie zur Vernunft zu bringen. Ich kenne Effie gut. Sie ist keine Terroristin. Sie ist eine simple Ladendiebin. Das kommt bei reichen Frauen oft vor.«

»Ist sie reich?«

»Sie war es, solange sie mit mir zusammen war.«

»Aber danach?«

»Sehen Sie, wenn sie Geld brauchte, könnte sie ihren Schmuck verkaufen. Das hat sie aber nicht getan. Er liegt noch im Banksafe. Das hat mir mein Anwalt gesagt.«

»Sagten Sie nicht – ich meine, Sie hätten gesagt –«, warf Pomfret ein, »daß Sie mit Ihrem Anwalt nur über neuere englische Bibelübersetzungen gesprochen haben.«

»Ich habe gesagt, daß wir darüber am Samstagmorgen gesprochen haben, statt die Nachrichten im Radio zu hören. Ich habe nicht behauptet, daß ich mit ihm auch sonst über nichts gesprochen hätte. Sehen Sie, auch ich möchte zu gern wissen, wo meine Frau sich aufhält. Sie ist nicht Ihre Pariser Killerin. Sie steckt woanders.«

»Nehmen wir uns nun einmal ihre Beziehungen zu Ernest Howe vor«, sagte Chatelain. »Er hat über Ihre Frau gesagt, er kenne ihren Charakter. Für ihn ist sie genau der Mensch, sich mit einer Terroristengruppe einzulassen. Die irischen Terroristen hatten ihre Sympathie. Sie hat eine Abhandlung über Kinderarbeit im England des neunzehnten Jahrhunderts geschrieben. Sie hat oft –«

»Ja, daß weiß ich doch alles«, sagte Harvey. »Der Haken ist nur, daß keine ihrer Sympathien sie schon zur Terroristin macht. Diese Sympathien teilt sie mit Tausenden von Leuten, vor allem jungen Leuten. Junge Leute sind sehr hochherzig. Effie hat ein hochherziges Wesen, das kann ich sagen.«

»Aber sie hat versucht, Geld aus Ihnen herauszuholen, eine Scheidungsabfindung.«

»Das ist verständlich. Ich bin reich. Aber ehrlich gesagt, ich hatte gehofft, sie würde zurückkommen. Darum habe ich ihr das Geld verweigert. Sie hätte es über die Gerichte bekommen können, aber ich dachte, sie würde es vielleicht müde, darum zu kämpfen.«

»Was meinen Sie mit ›zurückkommen‹?« fragte Pomfret. »*Sie* sind doch weggegangen.«

»In einer Ehe ist es immer schwer zu sagen, wer wen verlassen hat. Es gibt auch ein innerliches Verlassen. Rein äußerlich habe ich sie verlassen, das ist richtig. Sie hat aber auch mich verlassen. Das muß man richtig verstehen.«

»Ich verstehe«, sagte Chatelain. »Doch, ich verstehe, was Sie meinen.«

Pomfret fragte: »Aber woher bekommt sie das Geld?«

»Ich nehme an, daß die Frau, die sich Marion nennt, Geldmittel von den Hintermännern der Terroristen bekommt«, sagte Harvey. »An Geld fehlt es denen nie. Mit meiner Frau Effie hat das aber nicht das mindeste zu tun.«

»Gut, kommen wir wieder auf Ihre Besucher zurück, Monsieur Gotham«, sagte Chatelain. »War außer den schon Erwähnten noch jemand bei Ihnen?«

»Die Polizei, und Anne-Marie.«

»Sonst niemand?«

»Clara«, sagte Harvey. »Interessieren Sie sich nicht auch für Clara?«

»Clara?«

»Clara ist die Nichte der Schwester meiner Frau.«

Chatelain wurde müde. Er brauchte ziemlich lange, bis er dahinterkam, was Harvey meinte, und grübelte immer noch, als Pomfret schon lächelte. »Die Nichte?« fragte Chatelain. »Wessen Tochter ist sie?«

»Meiner Frau.«

»Sie meinen das Baby?«

»Richtig. Haben Sie keine Akte über Clara?« fragte Harvey die Kriminalisten.

»Monsieur Gotham, es geht um eine ernste Angelegenheit. Ein Mensch wurde erschossen. Es kann weitere Tote geben. Wir suchen nach politischen Fanatikern, nicht nach einer Tafel Schokolade. Können Sie uns keinen Anhaltspunkt geben, nicht einen einzigen Hinweis auf das eventuelle Versteck Ihrer Frau? Das könnte uns auch helfen, sie von der Liste der Verdächtigen zu streichen.«

»Ich wüßte ja selbst gern, wo sie ist.«

Zehntes Kapitel

Ich habe dir englischen Senf mitgebracht«, sagte Tante Pet. »Es heißt, englischer Senf ist in Frankreich selbst für kanadische Verhältnisse abschreckend teuer.«

Harvey hatte, nachdem er von seiner Vernehmung durch die Kriminalpolizei in Epinal zurück war, schlecht geschlafen. Rasiert war er auch noch nicht.

»Du bist spät nach Hause gekommen«, sagte Tante Pet. Das Château war bereits ihr Reich.

»Ich war bei der Polizei«, sagte Harvey.

»Was hast du denn da gemacht?« fragte sie.

»Ach, nur geredet und getrunken.«

»Mit diesen Leuten würde ich mich an deiner Stelle nicht zu sehr gemein machen«, meinte sie. »Zeig ihnen, wo ihr Platz ist. Ich muß sagen, diese Polizisten in Zivil, die mich hierher begleitet haben, waren sehr höflich. Und nützlich beim Gepäck. Aber ich habe ihnen ihren Platz gewiesen.«

»Das kann ich mir gut vorstellen«, sagte Harvey.

Sie saßen zum Frühstück im Wohnzimmer, das durch Tante Pets Gegenwart irgendwie schäbig wirkte. Sie war eine große, kräftig gebaute Frau mit maskulinem, militärischem Gesicht, grauen Augen, deren Blick meist eine Warnung enthielt, dichten schwarzen Brauen und kräftigem, welligem grauen Haar. Sie stichelte an irgend etwas herum, einer Stickarbeit.

»Als ich ankam«, sagte sie, »wimmelte es auf dem Weg vor dem Haus von Reportern und Fotografen. Aber die Polizei hat sie bald mitsamt ihren Autos und Motorrädern weggejagt. Kein Problem.« Sie hob den Blick von ihrer Arbeit. »Harvey, du hast dieses Haus ziemlich herunterkommen lassen.«

»Ich hatte noch keine Zeit, es in Ordnung zu bringen. Wir

sind ja erst vor ein paar Monaten eingezogen. So etwas braucht Zeit.«

»Ich finde es lächerlich, daß deine Haushälterin alle Tage ihre Babywäsche mit hierherbringt. Hat sie kein eigenes Haus? Und warum trinkst du zum Frühstück ein Glas Scotch?«

»Das brauche ich, nachdem ich die halbe Nacht bei der Polizei zugebracht habe.«

»Mir gegenüber haben die sich ganz ordentlich benommen. Ich war froh über die Mitfahrgelegenheit. Die Fahrpreise sind ja abschreckend hoch«, sagte die Multimillionärin zum Multimillionär.

»Ich glaube gern, daß sie höflich zu dir waren. Möchte ich auch hoffen. Warum sollten sie nicht?« Er musterte ihre kräftige, untadelige Erscheinung, ihr strenges Gesicht; sie machte einen ganz vernünftigen Eindruck. Ob die Polizei wirklich etwas Angst vor ihr gehabt hatte? Jedenfalls schlich Anne-Marie schon sichtlich kleinlaut auf Zehenspitzen durchs Haus. »Schließlich hast du ja nichts verbrochen«, fügte Harvey hinzu.

»Du denn?«

»Nein.«

»Na, das glaube ich aber doch. Es ist ganz bestimmt ein Verbrechen, in einem fremden Land die Bibel anzugreifen.«

»Die französische Polizei interessiert sich kein bißchen für die Bibel. Es geht um Effie. Einer ihrer Leute ist erschossen worden, und sie glauben, Effie hat damit zu tun.«

»Ach was, doch nicht Effie«, sagte Tante Pet. »Sie ist deine Frau. Sie ist nun einmal leider Gottes eine Gotham, egal was sie vorher war. Kein Gotham würde sich dazu erniedrigen, einem Polizisten etwas zuleide zu tun. Die Polizei hat uns immer respektiert und zu uns aufgeblickt. Und du läßt dich gehen, Harvey. Daß deine Frau nicht zu Hause ist, sollte kein Grund sein, das Rasieren zu vergessen.«

Harvey entfloh, um sich zu rasieren, und überließ es Tante

Pet, sich mit Anne-Marie zu streiten und auf dem Anwesen umherzugehen und den Polizisten in Zivil, die sie für Gärtner hielt, Anweisungen zu erteilen, wie sie die Büsche und Blumenbeete in Schuß zu halten und Gemüse anzubauen und die Bäume zu stutzen hätten. Vom Badezimmerfenster aus sah Harvey sie Zigarettenkippen von den Kieswegen auflesen und die Männer mit einem kanadisch-französischen Wortschwall schelten. Diese, von Anne-Marie instruiert, machten gute Miene dazu, und Harvey hatte, genau wie auch Anne-Marie, fast den Eindruck, daß die bis unter die Ärmel ihrer Lederjakken bewaffneten Polizisten tatsächlich Angst vor ihr hatten.

Als Harvey wieder herunterkam, fand er im Wohnzimmer einen Packen Zeitungsausschnitte und glaubte zuerst, sie handelten von ihm und Effie; Stewart Cowper hatte sie liegenlassen. Aber ein Blick auf das oberste Blatt zeigte ihm Edwards jetzt bartloses Gesicht. Es waren lauter Kritiken des Theaterstücks, in dem Edward solch erstaunlichen Erfolg hatte; sie ergingen sich in überschwenglichen Lobeshymnen auf den neuen Star, aber Harvey legte sie beiseite, um sich in einer angenehmeren Minute damit zu befassen. Auf dem Tisch lag zwischen der übrigen Post auch ein Brief von Edward. Edwards Adresse stand auf der Rückseite des Umschlags. Vielleicht hatte die Polizei ihn wirklich nicht gelesen; vielleicht doch. Harvey legte auch ihn beiseite, denn soeben kam Tante Pet wieder ins Zimmer.

»Ich habe dir etwas mitzuteilen«, sagte sie. »Ich bin extra den weiten Weg von Toronto hierhergekommen, um dir das zu sagen. Ich weiß, daß es dir ungemein weh tun wird. Schließlich bist du ein Gotham und mußt dich von so etwas persönlich getroffen fühlen, in deiner Ehre. Aber sagen mußte ich es dir. Nicht am Telefon. Nicht in einem Brief. Sondern Auge in Auge. Deine Frau Effie treibt es mit einem jungen Mann in einer Kommune, wie die das jetzt nennen; irgendwo im kalifornischen Gebirge, östlich von Santa Barbara, wenn ich mich recht erinnere. Ich habe sie mit eigenen

Augen gesehen, als in den Fernsehnachrichten ein Bericht über eine Kommune kam. Sie leben ›natürlich‹ und haben so eine Art Religion. Sie schlafen in Schlafsäcken. Sie –«

»Wann hast du das gesehen?«

»Vorige Woche.«

»War es ein alter Film? Oder live?«

»Ich glaube, live. Wie gesagt, es war in den Nachrichten, über eine Drogenfahndung durch die Polizei, die dieser Kommune im Morgengrauen überraschend einen Besuch gemacht hatte. Die jungen Leute kamen alle aus ihren Schlafsäcken gekrochen und zogen sich ihre Kleider an. Und es tut mir wirklich leid, dir das sagen zu müssen, Harvey, aber ich hoffe, du wirst es tragen wie ein Mann: Effie lag in einem Doppelschlafsack, wenn du verstehst; es war noch ein junger Mann mit ihr darin, und sie kamen beide splitterfasernackt aus diesem Sack herausgekrochen.«

»Bist du sicher, daß es Effie war? Bist du ganz sicher?«

»Ich erinnere mich gut an sie, von eurem Besuch damals, als ihr noch verlobt wart; und von der Hochzeit; und dann habe ich das Hochzeitsbild von euch beiden auf meinem Flügel stehen, im Wohnzimmer, wo ich es jeden Tag sehe. Ich sollte Effie wohl erkennen, wenn ich sie sehe. Sie war nackt, und das Haar hing ihr über die Schultern, und sie lachte, und dann zerrte sie, ohne sich zu schämen, ihren Schlafgenossen aus dem unehelichen Sack; es tut mir aufrichtig leid, Harvey, daß gerade ich dir das beibringen muß. Einem Gotham. Besser hätte sie einen Polizisten erschossen. Das ist eine Frage der Ehre. Aber wohlgemerkt, ich hatte schon immer den Verdacht, daß sie nicht tugendhaft ist.«

»Schon immer?«

»Ja, immer. Ich habe immer das Schlimmste befürchtet.«

»Bist du sicher«, fragte Harvey vorsichtig, »daß dein Argwohn dich nicht dazu verleitet hat, die Frau, die du im Fernsehen gesehen hast, für Effie zu halten, obwohl sie ihr vielleicht nur ähnlich sah?«

»Effie sieht niemandem ähnlich«, sagte Tante Pet.

»Sie gleicht ihrer Schwester«, sagte Harvey.

»Wie könnte es denn Ruth gewesen sein? Ruth ist nicht verschwunden, oder?«

»Nein. Ich sage ja auch nicht, daß es Ruth gewesen sein könnte. Ich sage nur, daß es mindestens schon mal *eine* Frau gibt, die Effie ähnlich sieht. Ich kenne noch eine.«

»Wer ist das?«

»Hiobs Frau. Auf einem Gemälde.«

»Hiobs Frau kann es nicht gewesen sein. Sie war eine törichte Frau, aber sie hat nie in einem Schlafsack die Ehe gebrochen. Du solltest deine Bibel erst einmal lesen, Harvey, bevor du dir anmaßt, sie zu kritisieren.«

Harvey schenkte sich einen Drink ein.

»Nimm es dir nicht zu sehr zu Herzen«, sagte Tante Pet. »Ich weiß, es ist ein schwerer Schlag für dich.«

»Paß mal auf, Tante Pet. Ich muß das genau wissen, in allen Einzelheiten. Ich muß wissen, ob du absolut sicher bist und ob du recht hast. Könntest du mir den Mann beschreiben?«

»Ich hoffe nicht, daß du ihn mit vors Gericht bringen willst, Harvey. Dann müßtest du nämlich diesen Nachrichtenfilm im Gerichtssaal abspielen lassen und dich damit der Lächerlichkeit preisgeben. Du hattest schon Aufsehen genug.«

»Bitte beschreib mir nur den Mann, mit dem sie zusammen war.«

»Also, das klingt ja wie ein Verhör. Der junge Mann sah aus wie ein romanisch-mediterraner Typ, vielleicht Spanier, jung, schmal. Ich habe ihn mir nicht genau angesehen, ich sah nur Effie. Sie hatte nichts an.«

Tante Pet hatte sich mit den Jahren nicht gebessert. So schlimm hatte Harvey sie noch nie erlebt. Er dachte: Sie ist im Unrecht, aber aufrichtig. »Das muß ich der Polizei sagen«, sagte er.

»Warum?« fragte Tante Pet.

»Aus vielen Gründen, nicht zuletzt aus diesem: Wenn Effie und ihr Freund in Kalifornien sind und von dort wieder abreisen – sie könnten zum Beispiel hierher kommen, nach Frankreich, womöglich gleich zu mir; und wenn sie das täten, könnten sie sofort erschossen werden.«

»Das ist undenkbar. Effie würde es doch jetzt nicht wagen, zu dir zu kommen. Aber wenn du der Polizei erzählst, wie ich sie gesehen habe, geht die Geschichte um die ganze Welt. Und der Fernsehfilm auch. Denk an deinen Namen.«

Harveys Anruf kam zum Kommissariat durch. »Meine Frau wurde in den letzten Tagen in Kalifornien gesehen.«

»Wer hat sie gesehen?«

»Meine Tante.«

»Aha, die Tante«, sagte der Polizeiinspektor.

»Sie sagt, sie hat sie in einer Bilddokumentation der Fernsehnachrichten gesehen.«

»Dann sollten wir kommen und mit Ihrer Tante sprechen.«

»Nicht nötig.«

»Glauben Sie Ihrer Tante?«

»Sie lügt nicht, aber sie könnte sich geirrt haben. Mehr habe ich dazu nicht zu sagen.«

»Ich würde gern ein Wort mit ihr reden.«

»Bitte sehr«, sagte Harvey. »Sie werden sie allein antreffen, weil ich jetzt zum Arbeiten in mein Cottage gehe.«

Dann rief er Stewart Cowper in London an, aber der war nicht in seiner Kanzlei. »Bestellen Sie ihm«, sagte Harvey zu der Sekretärin, »daß er vielleicht für mich in die Staaten muß.«

Er war eine halbe Stunde in seinem Cottage, als er das Polizeiauto mit den beiden Pariser Kriminalbeamten den Weg hinauffahren sah. Er wünschte ihnen viel Glück bei Tante Pet.

Harvey hatte seine Post mitgebracht, darunter Edwards Brief.

Hier in seiner gewohnten Umgebung, so froh und erleichtert, wieder allein zu sein, daß er schon fast schmunzelte, setzte er sich erst einmal eine Weile hin und hing seinen Gedanken nach.

Effie und Nathan in Kalifornien in einer Kommune; das war denkbar. Effie und Nathan in Paris als Angehörige einer Mörderbande: nicht undenkbar.

Langsam wurde ihm etwas unbehaglich wegen Tante Pet, die da oben im Haus von den Beamten der *Sécurité* vernommen wurde. Er wollte sich gerade aufrappeln und hinfahren, um ihr wenigstens moralisch beizustehen, als das Polizeiauto mit den beiden Männern schon wieder zurückkam, an seinem Cottage vorbeifuhr und verschwand. Entweder hatten sie mit Tante Pet kurzen Prozeß gemacht, oder sie mit ihnen. Harvey vermutete das letztere. Tante Pet lebte von Onkel Joe schon so lange getrennt, wie Harvey zurückdenken konnte. Sie wohnten in separaten Häusern. Von Scheidung war nie die Rede gewesen, auch nicht von Dritten, von Liebhabern oder Mätressen. »Ich mußte für mich allein wohnen«, hatte Onkel Joe ihm einmal anvertraut. »Wenn ich geblieben wäre, hätte sie kurzen Prozeß mit mir gemacht.«

Harvey selbst hatte sich nie in der Gefahr gesehen, daß Tante Pet kurzen Prozeß mit ihm machen würde. Wahrscheinlich steckte etwas in ihm, eine Autarkie, die der ihren nicht nachstand.

Wieviel von dem, was sie ihm gesagt hatte, konnte er glauben? Er fragte sich jetzt auch, wieso ein solcher Filmbeitrag aus Kalifornien im öffentlichen Fernsehen von Toronto gezeigt worden sein sollte. Und etwas anderes als das öffentliche Programm sah Tante Pet sich bestimmt nie an. Und warum hatte sie es für nötig befunden, eigens nach Frankreich zu kommen, um ihm das alles mitzuteilen? Zugleich wußte er aber, daß dies aus ihrer Sicht ganz normal war. Für sie war es gewiß fürchterlich, so etwas einem Ehemann – und einem Gotham – beibringen zu müssen.

Und es überraschte Harvey selbst, daß er sich bei dem halben Wunsch ertappte, sie möge sich geirrt haben. Es war nur ein halber Wunsch, aber er war da: Lieber hätte er Effie als Terroristin gesehen als nackt und lachend mit Nathan in einer kalifornischen Gebirgskommune. Doch in Wirklichkeit, sagte sich Harvey, wünsche ich mir das nicht. In Wirklichkeit wünsche ich mir, sie wäre keine Terroristin; und in Wirklichkeit glaube ich, daß sie doch eine ist. Pomfret hatte recht: Ich habe schon lange die Terroristin in Effie gesehen. Selbst wenn sie nicht die gesuchte Mörderin ist, sondern die Frau in Kalifornien, möchte ich nicht mehr mit ihr zusammenleben.

Er würde sich im Laufe des Tages noch einmal mit Stewart Cowper in Verbindung setzen, wenn dieser wieder in seiner Kanzlei erwartet wurde. Stewart würde nach Kalifornien fliegen und sich eine Aufzeichnung der Sendung zeigen lassen, die Tante Pet gesehen hatte. Stewart würde herausfinden, ob Effie dort war. Oder sollte er selbst hinfliegen? Das hätte sich wohl so gehört. Aber er wußte, daß er nicht selbst fliegen würde. Er würde hier auf Neuigkeiten von Effie warten. Er würde seine Monographie über das Buch Hiob schreiben, ganz wie er es sich vorgenommen hatte. (»Leben? – Dafür haben wir unser Personal.«) Er würde sich nicht einmal selbst mit Ernie Howe auseinandersetzen; wenn es nötig war, würde Stewart Cowper das für ihn erledigen.

Er öffnete Edwards Brief.

Lieber Harvey,
die Krokis im Zoo haben erwartungsgemäß ziemlich stumpfe Augen. Vielleicht haben sie in ihrer natürlichen Umgebung »Augen wie die Wimpern der Morgenröte«, wie wir bei Hiob lesen, besonders wenn sie genüßlich ihre Beute verschlingen. Ja, ihre Lider stehen senkrecht. Vielleicht ist Leviathan doch nicht das Krokodil. Der Zoo langweilt mich einigermaßen.

Ich wollte, Du könntest mal herkommen und Dir das Stück ansehen, bevor es ausläuft. Mein Leben hat sich natürlich verändert. Ich finde nicht, daß meine schauspielerische Leistung in diesem Stück, das mir solchen Erfolg gebracht hat, wirklich anders ist als in meinen früheren Rollen bei Film, Theater und Fernsehen. Aber ich glaube, daß die psychischen Kräfte, die Einflüsse um mich herum, sich verändert haben. Ruth war nicht gut für mich. Sie hat mich gewissermaßen zur Wüste gemacht. Und nun bin ich fruchtbar. (Wir sind noch immer die besten Freunde. Neulich habe ich sie erst wiedergesehen. Ich glaube nicht, daß sie bei Ernie Howe glücklich ist. Sie bleibt nur Claras wegen bei ihm, und wie Du weißt, ist sie ja endlich auch selbst schwanger. Sie behauptet, von Dir, und ich glaube es ihr – herzlichen Glückwunsch!) Wenn ich zurückblicke – und die Zeit, auf die es zurückzublicken gilt, erscheint mir lang, obwohl es noch nicht einmal ein Jahr ist –, sehe ich in meinem vergangenen Leben eine Eintönigkeit, über die ich mir damals gar nicht klar war. Sie liegt da wie eine alte Hose, die ich im Schlafzimmer auf den Boden fallen gelassen habe; *die* möchte ich nie mehr anziehen. Es geht nicht nur um den Erfolg und das Geld, obwohl ich diesen Aspekt auch nicht übersehe – ich will mich damit nicht brüsten, schon gar nicht vor Dir. Es ist einfach ein Gefühl neuer Möglichkeiten. Jedenfalls weiß ich immer, wann ich eine Rolle spiele und wann nicht. Die meiste Zeit meines Lebens habe ich »eine Rolle gespielt«. Jetzt tue ich das nur noch auf der Bühne. Du solltest kommen und Dir das Stück ansehen. Aber Du wirst wohl nicht können. Die Polizei hat mich ausgequetscht, und ich habe ausgesagt. Was konnte ich schon sagen? Sehr wenig. Zum Glück hat die Öffentlichkeit Verständnis für meine Lage – Schwager, genaugenommen *Ex*-Schwager (unsere Scheidung geht durch) einer Terroristin. Das ist ja kein enges Band.

Ich hätte Dich schon ein paarmal fast angerufen. Aber dann dachte ich mir, Dein Telefon wird gewiß abgehört, und da fand ich es besser, mich da nicht hineinziehen zu lassen. Wie man in den Zeitungen liest – natürlich kann man denen nicht trauen –, scheinst Du Effie ja die Stange zu halten – bestreitest, daß sie die gesuchte Frau ist und so weiter. Und nun dieser schreckliche Mord an einem Polizisten. Ich bewundere

Deine Haltung, aber hältst Du es für moralisch notwendig, sie in Schutz zu nehmen? Ich muß sagen, ich finde es merkwürdig, daß Du, nachdem Du sie verlassen hast, Dich jetzt einzusehen (oder zuzugeben?) weigerst, wie sie sich entwickelt hat. Für mich (und Ruth stimmt mir zu) hatte sie schon immer eine kriminelle Ader. Ich weiß, daß sie eine schöne Frau ist, aber es gibt viele schöne Frauen wie Effie. So sehr kannst Du sie auch wieder nicht geliebt haben. Ganz ehrlich, wenn Ihr zusammen wart, hatte ich nie den Eindruck, daß Du wirklich verrückt nach ihr warst. Ich gebe nicht gern Ratschläge, aber Du solltest erkennen, daß irgend etwas Tragisches mit Effie vorgegangen ist. Sie ist eine Fanatikerin – sie hatte schon immer diesen gewalttätigen, rücksichtslosen Zug. Es gibt nichts, Harvey, gar nichts, was irgend jemand für sie tun könnte. Du solltest es gar nicht erst versuchen. Schließ Deine Arbeit über Hiob ab, und dann geh fort und fange ein neues Leben an. Wenn Dein neues Château so romantisch und prächtig ist, wie Ruth sagt, würde ich es gern mal sehen. Sobald das Stück ausgelaufen ist, komme ich mal, falls Du dann noch da bist. Es wäre schön, Dich mal wiederzusehen.

Liebe Grüße,
Edward

Harveys Antwort:

Lieber Edward,
nett von Dir, daß Du für mich im Zoo warst. Du schreibst, der Zoo langweile Dich einigermaßen. In welchen Maßen?

Herzlichen Glückwunsch zu Deinem Erfolg. Da er schon immer in Dir steckte, bin ich nicht überrascht. Nein, ich kann hier im Augenblick nicht weg. Ruth wäre auch noch da, wenn es hier nicht so von Polizei wimmelte – das ist nicht der rechte Ort für Clara, die ich furchtbar vermisse.

Was Deinen Ratschlag angeht: Erinnerst Du Dich, wie Prometheus sagt: »Wer sich aus dem Leiden heraushält, kann dem, der drinsteckt, leicht Ratschläge erteilen und Predigten halten.«? Ich will nur sagen, daß ich Effie nicht in Schutz nehme. Ich sage nur, es gibt keinen Beweis dafür, daß die Frau, nach der die Polizei sucht, Effie ist. Ein paar Leute haben sie nach einem Foto »identifiziert«.

Tante Pet ist aus Toronto gekommen und trägt diese merkwürdigen Kleider, die ihre puritanischen Prinzipien so eigenartig Lügen strafen. Was sie heute morgen anhatte, schien mir ein Stück Tapete zu sein. Zufällig hat sie neulich Effie in einer Fernsehdokumentation über eine Polizeirazzia gegen eine Gebirgskommune in Kalifornien erkannt. Effie war mit einem Mann zusammen, dessen Beschreibung auf Nathan Fox passen könnte.

Ich bin mehrere Male vernommen worden. Denen will nicht in den Kopf, warum ich hier in Frankreich so von aller Welt abgeschieden lebe und das Buch Hiob studiere. Das letzte Verhör ging etwa so:

Befrager: – Sie sagen, Sie sind am Problem des Leidens interessiert?

Ich: – Ja.

Befrager: – Interessiert Sie auch Gewalt?

Ich: – Ja, o ja. Ein faszinierendes Thema.

Befrager: – Faszinierend?

Fast alles, was man antwortet, ist verdächtig. Andererseits wurden Supermärkte in die Luft gesprengt, Banken überfallen, Leute terrorisiert und ein Polizist erschossen. Da sind sie natürlich kribbelig.

Auf meine Frau ist ein Haftbefehl ausgestellt. Die Frau aus der Bande, wer sie auch sein mag, könnte dabei umkommen.

Aber »niemand hat Mitleid mit dem, der sich willentlich an sein Leiden klammert«. (*Philoktet* – Rede des Neoptolemus.) Ich bin nicht einmal sicher, ob ich leide, ich bin nur in Nöten. Aber was analysiere ich mich hier selbst? Ich analysiere den Gott des Buchs Hiob.

Ich hoffe, das Rätsel um Effie kann aufgeklärt werden, und

wenn Dein Stück ausgelaufen ist, kannst Du kommen und Château Gotham ansehen. Ruth wird sicher mitkommen.

Ich analysiere, wie gesagt, den Gott Hiobs. Wir sind wieder beim Unergründlichen. Immer wenn die Antworten hieb- und stichfest sind, dann sind die Fragen schief.

> *Hiob* 38, 2–3: Wer ist's, der den Ratschluß
> verdunkelt mit Worten ohne Verstand?
> Gürte deine Lenden wie ein Mann.
> Ich will dich fragen, lehre mich!

Der das im *Buch Hiob* sagt, ist Gott!

Nun hoffe ich, Du wirst Ruth sagen, daß sie, wenn der Trubel vorbei ist, mit Clara wieder hierherkommen und ihr Baby bekommen kann. Ich bin gern bereit, Deine abgelegten Hosen zu tragen, Edward, und Du weißt, daß ich Dir in Deinen neuen Hosen, Deinem neuen Leben alles Gute wünsche.

Dein Harvey

DRITTER TEIL

Elftes Kapitel

Und der Herr segnete fortan Hiob mehr als einst.« Es war fünf Tage her, daß Stewart Cowper nach Kalifornien abgeflogen war. Einmal hatte er angerufen und gesagt, der Filmbeitrag, den Tante Pet gesehen habe, sei schwer zu finden, aber er glaube jetzt auf der richtigen Spur zu sein. Eine Meldung dieser Art habe es jedenfalls gegeben.

»Ruf mich an, sobald du Bescheid weißt«, sagte Harvey.

Und da er bald am Ende seiner Monographie über das Buch Hiob war, machte er sie zwischenzeitlich fertig. Über drei Jahre hatte er für den Essay gebraucht. Es machte ihn traurig, daß seine Arbeit nun getan war: alle Notizen säuberlich aufgestapelt in dem kleinen Zimmer seines Cottage, das Manuskript durchgesehen und korrigiert und fertig zum Fotokopieren, um es zum Abtippen (durch Stewart Cowpers hübsche Sekretärin) nach London zu schicken.

Die Arbeit war getan, und der Herr segnete Hiob fortan mit genau doppelt so vielen Schafen, Kamelen, Ochsen und Eselinnen, wie er anfangs besessen hatte. Hiob hatte nun sieben Söhne und drei Töchter wie zuvor. Die Töchter waren die schönsten im ganzen Land. Und sie hießen Jemima, Kezia und Kerenhappuch, das heißt Salbhörnchen. Hiob lebte danach hundertundvierzig Jahre. Und Harvey fragte sich erneut, ob Hiob im wirklichen Leben mit so einer plumpen Entschädigung zufrieden gewesen wäre, und bezweifelte es. Seine Tragödie war die des glücklichen Ausgangs.

Er brachte sein Manuskript nach Saint-Dié, ließ es fotokopieren und schickte eine Kopie zum Abtippen nach London. Er hatte es eilig, zum Château zurückzukommen, falls Stewart mit Neuigkeiten anrief.

Tante Pet hatte er nichts von Stewarts Mission gesagt, aber irgendwie hatte sie es, wie immer alles, herausbekommen und beklagte sich ein wenig darüber, daß an ihren Worten gezweifelt wurde.

»Du bist wie die Polizei«, sagte sie. »Die haben zwar nicht direkt gesagt, daß sie mir nicht glauben, aber ich konnte es ihnen ansehen.«

Er kam gerade im richtigen Moment ins Château zurück, um das Telefon klingeln zu hören. Es war die Polizei von Epinal.

»Sie haben ja sicher die Nachrichten gehört, Monsieur Gotham.«

»Nein. Was ist denn nun wieder?«

»Die FLE-Bande wurde vor einer Stunde in einem Pariser Appartement gestellt. Sie hat das Feuer auf unsere Leute eröffnet. Ich bedaure, Ihnen sagen zu müssen, daß Ihre Frau dabei umgekommen ist. Sie werden gebeten, nach Paris zu kommen, um die Leiche zu identifizieren.«

»Ich glaube, daß meine Frau in Kalifornien ist.«

»Wir berücksichtigen die Verfassung, in der Sie sind, Monsieur, aber wir wären Ihnen sehr verbunden, wenn –«

Anne-Marie stand in der Tür und hatte das Gesicht in die Hände vergraben.

L'Institut Médico-Légal in Paris. Ihr Kopf war mit Verbänden umwickelt wie mit einem Turban, so daß sie mehr denn je wie Hiobs Frau aussah. Ihr Mund war leicht zur Seite verzogen.

»Erkennen Sie Ihre Frau, Effie Gotham?«

»Ja, aber das ist nicht meine Frau. Wo ist sie? Bringen Sie mir die Leiche meiner Frau.«

»Monsieur Gotham, Sie sind überdreht. Es ist für uns alle sehr unerfreulich. Sie müssen doch wissen, daß dies Ihre Frau ist.«

»Ja, es ist Effie, meine Frau.«

»Sie hat das Feuer eröffnet. Einer unserer Männer wurde verwundet.«

»Und der Junge?«

»Nathan Fox? Den haben wir. Er wurde ergriffen, als er zu fliehen versuchte.«

Harvey fühlte sich plötzlich erleichtert bei dem Gedanken, daß Nathan nicht mit Effie in Kalifornien war.

Das Telefon klingelte, als er endlich zum Château zurückkam. Es war Stewart. »Ich habe eine Aufzeichnung des Features gesehen, Harvey«, sagte er. »Sie sieht aus wie Effie, ist es aber nicht.«

»Ich weiß«, sagte Harvey.

Er sagte zu Tante Pet: »Hattest du wirklich geglaubt, das war Effie in dieser Gebirgskommune? Wie kannst du das nur geglaubt haben?«

»Ich habe es geglaubt«, sagte Tante Pet, »und ich glaube es immer noch. Effie ist so eine.«

Anne-Marie sagte: »Ich verabschiede mich jetzt.«

Zwölftes Kapitel

Edward fährt auf der Straße zwischen Nancy und Saint-Dié. Es ist Ende April. Den ganzen Weg entlang stehen die Kirschbäume in Blüte. Er kommt an den Graspfad, den er voriges Jahr genommen hat. Aber diesmal fährt er an dem Cottage vorbei, das verwahrlost in seiner kleinen Wildnis steht, und nimmt den breiteren Weg, durch einen besser gepflegten Saum von Laub, zum Château hinauf.

Ruth, der man ihre Schwangerschaft schon ansieht, ist da. Clara tapst in ihrem Laufställchen herum. Tante Pet, in orange- und malvenfarbenes Wollzeug gehüllt, sitzt aufrecht auf der Kante des Sofas, das für sie einen Hintergrund aus gelben und grünen englischen Stoffen bildet. Auch Harvey ist da.

»Du hast dir die Haare schneiden lassen«, sagt Harvey.

»Ich mußte«, sagt Edward. »Für die Rolle.«

Später, als Clara schon im Bett ist, gibt Edward an Harvey die Botschaft weiter, die Ernie Howe ihm mitgegeben hat.

»Er sagt, du kannst Clara adoptieren, wenn du willst. Er will die Tochter einer Terroristin nicht.«

»Wieviel will er dafür haben?«

»Nichts. Das hat mich sehr gewundert.«

»Mich wundert es nicht. Er ist ein Schwein. Er würde sie besser für Geld hergeben als aus dem Grund, den er nennt.«

»Ganz deiner Meinung«, sagt Edward. »Was hast du jetzt vor, nachdem du mit *Hiob* fertig bist?«

»Noch hundertundvierzig Jahre zu leben. Ich werde drei Töchter haben, Clara, Jemima und Salbhörnchen.«